青春未完

作者／夏梁
繪者／鱷魚王

目次

Contents

Beforeword

意外的訪客

「曾老師，外面有客人找妳。」

圍著圍裙、滿手都是麵粉、被稱作老師的女子抬起頭，她用手背抹了抹臉，沒注意到自己正將手背上的麵粉糊到自己臉上。

「好的，麻煩妳請他等我一下。」

她將雙手洗淨，將水擦在圍裙上之後三步併作兩步的跑出烹飪區。

「曾老師，客人在會客室。」櫃檯前的女子頭也沒抬，只拋給她這句話，又繼續和電話那頭的客人對話：「對、對……曾老師的課程目前到月底都額滿了喔……目前剩下……」，看來很是忙碌。

誰叫她待的地方是國內鼎鼎有名的頂級烹飪教室。

可能因為情人節將近，來報名甜點課程的貴婦、千金小姐突然暴增，就算緊急加開課堂也無法應付一窩蜂來到現場報名的人潮。

曾惜是這間烹飪教室的創辦人，同時也是國內有名的甜點師。這裡原先只是曾惜個人的小工作室，閒暇的時候，曾惜會在這裡舉辦一些簡單的課程，也順便跟客人聊聊天、培養感情，但是經過客人的口耳相傳、以及曾惜在國內外獲獎無數的報導，慢慢變為現在的大規模經營。

一切多虧曾惜的好手藝，以及一點運氣。天時地利人和，大概就是這麼回事。

「請問你……呃？」曾惜推開會客室的黑色木板門，當她看向坐在裡頭的男人之後，忍不住愣住。

她在做夢嗎？

男人面帶微笑，朝她一步步靠近，「好久不見啊，曾惜。」

曾惜的腦袋一時轉不過來，現在是怎麼回事？

「季……季以傑？」

站在她面前的男人，身穿深灰色的西裝，腳踩黑色皮鞋，和記憶中的那個男孩雖然有些不同，但仍是能和那個身影重疊。

那個，曾經任性地填滿她的青春的男孩。

「真沒想到妳還記得我啊。」

男人沒有停下腳步，曾惜下意識地想和他拉開距離，但她已經整個人貼在門板上了。

更不幸的是，她還無處可躲，因為這扇門要從裡面出去得用拉的。

「你……」她想問的問題很多，包括：你想幹嘛、你怎麼找到我的、你怎麼會在這裡，還有……最重要的，你好嗎？

季以傑，現在和曾惜幾乎完全沒有距離的男人，臉上沒有表情，但是她知道，他在生氣。

曾惜看著他放大在眼前的、那午夜夢迴便會在她腦海裡打轉的臉，一時之間竟看傻了。

季以傑先是動作輕柔地抹掉她臉上的麵粉，然後同樣溫柔地抓住她的手臂，像是怕她逃跑似的。「這些年，妳跑去哪了？」曾惜皺了皺眉頭，然後他冷不防地將她緊緊擁進懷裡。

曾惜不禁開始想，究竟是自己反應慢，這個男人實在太過我行我素？

「好久不見了，老朋友。」她說，也輕輕地回抱他。

季以傑聽見「老朋友」三個字時頓了一下，然而終究還是沒說什麼。

※※※

「請用。」被季以傑放開後，曾惜先是去完成剛剛被自己擱下的事情，然後拿了自己手作的點心出來，招待坐在對面沙發的季以傑。

「怎麼突然想找我？」

季以傑瞪她一眼，沉聲說道，「怎麼不想想是誰一躲就躲了將近十年。」

曾惜只能無奈地搔頭，畢竟若要說是自己錯在先，那她也無法否認。

高中畢業那年，曾惜獨自收拾行李飛到巴黎唸西點烘焙，自此和他們斷了聯繫。

在三年前，她完成了學業回到台灣，卻沒回到故鄉，而是選擇了在這繁華的首都開一間不起眼的小工作室。

是斷了聯繫嗎？不，這麼說似乎不太準確。

與其說是斷了聯繫，倒不如說是不想聯繫。

如果他們幾個之中少了她，是不是就不會發生那些事情，他們就可以繼續好好的，不會有嫌隙、不會吵架、不會拉扯，是吧？

他喝了口茶，抿了抿稍微乾燥的唇，問，「妳有沒有想過我？或者，我們。」

曾惜的笑容僵在臉上，以前天天見面的人，現在都多久沒見了，居然還要問對方這個問題。

小的時候從沒想過吧。

人在的時候，總覺得來日方長什麼都還可以：殊不知人生就是減法，見一面，少一面。

「有啊。」她說。

「現在問妳為什麼不回來……似乎太過愚蠢了。」季以傑像是自言自語般低喃著。

曾惜嘆口氣，她知道季以傑都明白的。然而，就算他明白了，他也只會說出：「不用想那麼多。」之類的話。

對年輕的他們來說，「不用想那麼多。」這句話根本不夠用。

青春就是猖狂，轟轟烈烈傷得滿身還是能笑著走下去。

可是長大了就都不一樣了，有些回憶想起還是會覺得尷尬，還是會後悔青春的某些狂妄。

對曾惜來說，狂妄若只是她的就沒有關係，但如果她的這份猖狂傷害到人，那麼她便會久久都沒有辦法釋懷。

高中畢業時她就已經明白了。

當年正是她擅自闖入他們的世界，因此最後才會弄得這樣吵吵鬧鬧的，曾惜那時一直在想，要是自己當時沒有出現在他們的生命裡頭，那該有多好？

因為明白了這一點，所以她只想逃離。就算來不及了，也不想一錯再錯。

「我來，只是想告訴妳，林宇文跟簡安淇要結婚了。」季以傑雲淡風輕道，曾惜卻在聽見消息後匡噹一聲摔了手中的陶瓷茶杯。

「真的假的……」她捂著嘴，不敢相信。

「震驚」還不能完全表達曾惜現在的心情，那些道不出個所以然的情緒中除了震驚以外，還有很多很多的喜悅。所有情緒交織在一起成為她快要落地的眼淚的源頭。

季以傑點點頭，「回去看看，可以吧？」

他們的故鄉離曾惜工作的地方有點距離，開車走高速公路至少要兩個多小時，這麼說來倒也還好，但對一個小海島國家來說，這已經是十分遙遠了。

「哇。」自從曾惜的祖母過世以後，她便再也沒回來過，一踏上故鄉的土地，才終於有了回家的感覺。

鄉下的空氣有種特別的味道，跟都市不一樣，少了車來攘往的繁雜，多了自然的香氣。

這一次，曾惜之所以肯乖乖讓季以傑帶回來，有絕大部分的原因是因為那兩人最後終於還是在一起了。繞了好大一圈，經歷了爭吵、誤解，最後終於還是待在彼此身邊。

而曾惜心中的愧疚，也能夠放下一點了。

她在他們的青春中都留下了傷痕，就算不是故意的，也算是為他們原先平淡的生活投下了震撼彈。

碰的那樣，將一切都打得支離破碎。

「要回去看看嗎？」季以傑站在她身旁，沒有看她，目光落在她看不見的遠方。

「嗯。」去看看也好。

人們，總有一天，是得直視自己的舊傷疤的，不是嗎？

看清楚傷口長怎樣之後，就可以帶著它繼續往前了。

曾惜坐在季以傑的車上，沉默。

從北部南下的一路上，他們都沒有講話。不是因為太久沒見而疏遠了，而是，那一種難以用言語表達的複雜情感還充斥在他們周圍。再加上，季以傑存在在她印象中的樣子，一直都是這般沉默而高傲的。

歷經社會人情冷暖的洗禮，他的冰冷已然卸下不少，卻依舊有著她無法直視的、自骨髓深處透出的寒冷。

染著都市氣息的轎車行駛在鄉間的道路上，曾惜打開窗戶，讓有著熟悉氣味的微風輕輕打在她的臉上。

沒有多久，季以傑便把車子停在當地的某間高中門口。

因為是放假日而且在鄉下，裡頭沒有學生也沒有警衛，季以傑走在她前面，替她拉開鐵門後頭也不回地走進去。

曾惜跟著他，怎麼這麼多年，那他掩飾不到的背影還是一點也沒變呢？一樣孤單、一樣高傲、一樣獨特。

最後他駐足在司令台旁的某棵榕樹底下，曾惜看見這棵樹，愣了愣，隨後漾起微笑。

「好懷念。」她說。

這棵樹從他們青春時便佇立在這裡，分享他們青春的所有歡笑和淚水。

多年以後，曾一起看著這棵樹的那群人之中可能有人不在了，但自己一個人站在這個位置的時候還是彷彿回到了那個無畏歲月。

「白癡，妳記得嗎？」季以傑冷聲開口，曾惜被他這樣稱呼給嚇了一跳，一時之間眼眶竟湧上酸澀。

好熟悉，卻又無比陌生。

她眨眨眼睛，季以傑看了她一眼，因為曾惜泛紅的眼眶而怔愣了一下。

「時空膠囊嗎？」曾惜笑了出來，她記得他們四人曾一起蹲在這裡埋下他們的回憶，卻已經忘記自己將什麼藏在回憶裡。

她蹲了下來，想伸手挖開地上的泥土，卻被另一隻手給抓住。

季以傑什麼也沒說，默默的捲起襯衫的袖子開始挖土。

她蹲在他旁邊，靜靜的。

就跟以前一樣。

看著他的側臉、看著他帶著一點青筋的手往土裡面挖。

「這個。」季以傑將一個鐵製的大喜餅盒子從土裡拿了出來，他拍拍上面的灰塵和泥土，小心翼翼的將回憶打開。

裡頭總共有四個東西。

一個小熊娃娃、兩條一模一樣的項鍊、一條從舊吉他上換下來的弦……

Chapter 1
填補青春的空白

八年前。

曾惜十七歲。

「小惜啊，第一天上學會不會緊張？」曾奶奶佈滿皺紋的手一下一下的順著曾惜烏黑的髮絲。「不會啦，又不是小孩子了！」曾惜坐在椅子上，雙腿晃來晃去地吃著早飯。

曾奶奶微微嘆了口氣，憐愛地看著自己的小孫女。

媳婦跟人家跑了就算了，那個兔崽子居然還因為工作的關係而一定得出國長住，是要她這個小孫女自力更生是不是？

「不過也幸好我們家曾惜很懂事。」曾奶奶心裡想。

「那我出門了哦！」曾惜在門口跟奶奶道別以後，蹦蹦跳跳的就往學校方向走。

等到確定離開奶奶的視線以後，曾惜的腳步慢慢緩了下來，最後以極緩慢的速度走著。

曾惜的人生，在她的父母簽字離婚、父親又決定長住在國外之後有了一百八十度的轉變。從繁華的大都市獨自來到這個平凡的小村落：離開了熟悉的人群、熟悉的街道，回歸的是樸實卻不是習慣的自己。

從口袋掏出手機，她看著桌面上的照片，照片裡的男孩和女孩臉貼得好近，笑得好開心，盯著男孩的臉，曾惜眼前的這張照片忽然變得模糊。

意識到自己現在的動作無疑是卑微的表現，為了某個根本不在乎自己的人難過，根本沒必要。

曾惜趕緊用手背抹掉淚滴，吸了吸鼻子後繼續往前走。

「你算什麼。」在心底吶喊著想告訴他的話，曾惜其實也明白——那人是怎樣也聽不見的。

每個人有每個人的路。

就算遠遠地就看見彼此了、有了交集了，也不會一直一起走。

兩條直線就算有交叉也只會有一個交叉點，經過交叉點之後就只會一直一直遠離彼此。

她看著眼前的校園，更加篤定了這個信念。

她的路從此刻開始和他更加不同，就像兩條岔路在分別後終究通往不同的風景。

這是一所只有一層樓的學校，感覺人數並不多，與曾惜之前所就讀的那種、一間動輒近萬人的學校實在沒得比。

但這是接下來一年半她要待的地方。

曾惜深呼吸了一口氣，踏進校園，可她沒注意到的是，她身後還有一個，沿路觀察她的身影。

那個，隨著她的腳步而一步一步前行的身影。

「讓我們一起歡迎新同學，來，跟大家自我介紹一下吧！」

班導師是一個看起來才剛考取教師資格的年輕女人，她臉上堆滿微笑，看起來充滿教學熱忱。

她伸手推了一下曾惜，要她在黑板上寫下自己的名字。

「大家好。」放下手中的粉筆，曾惜開始自我介紹。曾惜注意到，當大家聽到她是從大都市那兒搬來的的時候，紛紛亮了眼。

可能，他們都期待有朝一日能夠生活在繁華裡面吧。她想。

「那，曾惜，妳就坐在後面那個位置吧。」老師指向最後一排靠窗的位置，不知道是不是慣例，曾惜總覺得每個轉學生都會被安排在那個位置，隨時可能被遺忘的位置。

甩開腦中那些異樣的情緒，曾惜點點頭，走到座位。

她轉入的時間已經是高三的下學期，班上的小圈圈大多已經成形，多數人除了偶爾找她聊聊天寒暄一下就和她沒有互動了。

有很多自己一個人的時間，曾惜閒著也是閒著，索性坐在座位上觀察大家。她注意到，坐在她隔壁的男生，似乎也沒什麼朋友，唯二會來找他講話的，是一對看起來感情很好的男女。

男生叫做林宇文，在學校人緣很好，下課時間從其他班級來找他的人不在少數，感覺起來就是典型的校園風雲人物。

女生叫做簡安淇，她也不遑多讓，除了和那個男生在一起的時間之外，都是站在一群女孩中間和大家說說笑笑，看起來跟誰都很熟，事實上也沒跟誰特別好。

這樣的兩個人站在一起，是那麼相配。

看著他們，曾惜不禁想起他，再一次，猶豫著離開到底是不是正確的選擇。如果她真如他們所說，是傷害他和他們感情的人的話，那麼，離開便是正確。但如果不是呢？

如果自己都明白，自己沒錯，那到底要不要聽從多數？

曾惜想不透。

就算想透，也沒辦法證實。

今天的體育課是代課老師上課，可能因為都不認識學生，他幫全班分成兩個兩個一組，對現在的曾惜來說，這算是好事，至少不用再面對沒人和她一組的窘境。

和她一組的，恰好就是那個簡安淇，不知道是不是錯覺，曾惜總覺得簡安淇的笑容……似乎帶著一些不是很難察覺的高傲。

「妳好，我是簡安淇。」排隊的時候她側過頭來，對曾惜伸出手，曾惜雖然有點意外，但理所當然的回握住她，並也回給她一個微笑，「我是曾惜。」

體育課開始之前，不外乎就是跑跑操場做做操，對於體力這方面，曾惜還算是蠻有自信的，以前大隊接力的時候，她不是跑第一棒就是最後一棒，這也是她唯一會拿出來說嘴的特長。

只不過現在也不知道要跟誰說就是了。

老師滔滔不絕地解釋著跑步該怎麼跑會比較快比較不費力，完全無視於現在是下午一點多，一天之中太陽燃燒得最熾熱的時刻。

「好吧，現在，每個人去跑三圈吧。」

好不容易能夠站起來，曾惜馬上站了起來，蹲那麼久，腳都快斷了。

「哦，不好意思。」簡安淇站起來以後，似乎有些貧血，她扶著曾惜的肩膀，這讓曾惜被嚇了一跳，趕緊關心她：「妳還好吧？」

她擺擺手，越過曾惜，直接開始跑操場。

曾惜望著她的背影，似乎也明白，簡安淇的驕傲不容許別人看見她的脆弱。

秉持著照顧隊友的精神，曾惜放慢自己的速度，默默的跟在簡安淇身後。不得不說，她就算身體不舒服跑得還是很快。

跑到一半的時候，簡安淇轉進了旁邊通往廁所的小道，曾惜猶豫了一下，決定站在出口等她，要是被她發現再說自己是來上廁所的就好了。

過了十分鐘，簡安淇還是沒有出來，曾惜再怎麼遲鈍，也察覺了不對勁，她趕緊沿著小道走，沒想到卻看見簡安淇倒在地上。

「妳還好嗎？」她蹲在倒地那人旁邊，後者沒有一絲反應。

「老師——」

每次曾惜事後回想起來，都覺得那真是她人生中跑得最快的一次。

不知道是不是這邊真的很缺老師，老師只叫了救護車之後就跑去聯絡家長，讓曾惜一個人陪簡安淇去醫院。

因為那兒只有一間由老醫師所開設的小診所，所以他們用最快的速度來到附近都市裡頭的醫院。到院之後，簡安淇被送進了急診室，曾惜坐在外頭，侷促不安的環顧著四周。這是她第一次進急診室，而且還是陪著自己的同學。

「簡安淇怎樣？」曾惜順著聲音的來源抬起頭，來者正是那個坐在她旁邊，感覺有些自閉……特立獨行的男生。

雖然不是自己的錯，曾惜還是趕緊起身，儼然肇事者要跟對方家屬賠罪的樣子：「她突然昏倒，現在在、在急診。」

「每次都這樣。」男孩咕噥著什麼，整個很受不了的樣子一屁股坐下。

「呃？」在裡面急診的，不是他朋友嗎？

他微微抬起眼，難得的開口，曾惜也是這時才發現他的聲音給人一種安定的感覺，「簡安淇這個人，常常上演這種突然昏倒的劇情。呃，不過這不是她故意暈倒的意思，而是這種事情發生的頻率對於一般人來說太高，雖然不知道是什麼病，但通常等等就沒事了。」

「所以？」曾惜小心的開口，雖然對方難得地說了很多話，但她還是深怕自己話太多被這個安靜的人討厭。

「所以不用送醫。她通常會自己醒來。」

難怪這個人感覺一點都不緊張……

曾惜無言的坐在他隔壁，雖然想開口詢問對方為什麼不用上課，可是想一想還是作罷。萬一人家不理自己就尷尬了，而且對方看起來也沒有想跟她進行社交活動的意思。

在繁忙的急診室裡頭，相對非常沉靜的兩人形成一種奇怪的氛圍。

「喂？」打破沉靜的是男孩接電話的聲音，「她沒事啦……」

「因為新老師跟新同學啦……」感覺非常無奈，曾惜雖然為了造成他們擔心感到抱歉，可是她也不知道啊！她也很擔心啊！

「害我翹課跑出來，你付計程車錢啊你！」

默默聽著對話，曾惜想，對方大概是那個林宇文吧。也只有他，能像那樣跟現在坐在她隔壁的男孩說話。

曾惜偷偷覷了他一眼，也許這樣子的他其實是帶有一種保護色，若是以前的她可能無法理解，但現在，她也滿羨慕這種保護色的。

「妳跟她很要好？」男孩抬起眼眸，看著她。

突然被問問題，曾惜愣了一下，「不。」她搖搖頭，想了想又覺得這麼說不太好，連忙補充：「是老師把我們分在同一組，所以……」

他點點頭，嘴裡喃喃自語著：「還以為終於要好好交一個好朋友了……」

曾惜聽見他的自言自語，雖然心裡想說簡安淇明明有很多朋友，但還是被他話裡寵溺給帶走了注意力。儘管無奈，但還是只能寵著疼著。

她忍不住一陣鼻酸，這種讓人羨慕的感情，曾幾何時她也就這樣失去了。

曾惜嘆口氣，以為不會被發現的，可她忘記了，現在她和他之間的距離非常靠近，男孩轉過頭來看著她，「妳沒有特別可憐。」

正當曾惜想開口問他這話什麼意思的時候，外頭遠遠又跑進來一個年紀看來和他倆相仿的少年，也穿著他們學校的制服。

是林宇文。

「季以傑！」他朝這邊跑了過來。

那個沉默的男孩叫做季以傑，她直到現在才知道。

季以傑站起身，還是一副受不了的樣子，「我不是告訴你她沒事了嗎？幹嘛還來？」

「我不放心啊。」林宇文朝這邊走了過來，他先是拍拍季以傑的肩膀，然後看著曾惜說：「不好意思，安淇給妳添麻煩了。」隨後看了一下急診室裡頭，「妳怎麼會發現她昏倒？」

「呃……」這問題其實很奇怪，曾惜心想：通常有人昏倒，應該經過的人都會發現吧？

「老師讓我跟她一組，後來她看起來不太對勁……」曾惜回憶著當時的情況，推測應該是因為體育課排隊的時候分成男生一邊女生一邊，她們兩個又剛好是在女生的最角落，所以林宇文才會沒發現她們兩個一組。

「既然你來了，我就要先回去了。」季以傑擺擺手，一副現在是在浪費他的時間的樣子，曾惜這才意識到，雖然那個男孩剛剛叫林宇文不用來了，可他還是默默的坐在這裡等，應該也是知道：不管他說什麼，林宇文都會趕到這來。

望著他離去的背影，曾惜忽然開始好奇，這三個人——簡安淇、林宇文、季以傑——究竟是什麼關係。

「我可以坐這裡嗎？」林宇文問，她點點頭。

曾惜想回去上課，可是老師交代要看好簡安淇，她想偷偷落跑的念頭才萌芽就被自己的責任心給拔除。林宇文坐在她隔壁，她原以為要繼續她跟季以傑那樣尷尬的沉默，沒想到林宇文卻開口了：「其實我剛剛看到妳在這裡有點嚇到了。」

「為什麼？」

曾惜總覺得，這些人說的話總是很讓人匪夷所思。

「安淇她，雖然看起來朋友很多，但其實能和她交心的人除了我和以傑以外大概沒有。她習慣站在人群之中，卻不會和任何一個人特別好，更多的時候她是特立獨行的。不知道以傑剛剛有沒有跟妳說，不過我猜應該是沒有吧，以傑也很討厭跟別人閒聊。」林宇文也露出跟季以傑剛剛一樣的無奈表情，曾惜猜想，這三個人應該都對彼此感到很無奈？

林宇文繼續說：「安淇之所以會這樣，我猜應該和這種突然昏倒的老毛病有關，她曾經告訴過我，通常在病發前她都會有感覺，所以她會盡可能地不要在人前昏倒。她有這種毛病的事情，班上同學除了我和以傑之外沒人知道。」

曾惜聽著，好像有點明白了，難怪剛剛季以傑要問她是不是跟簡安淇是好朋友，因為如果不是很好的話，她也不可能會發現簡安淇昏倒的事情。

或許簡安淇和季以傑都一樣，他們替自己築起的圍牆都高得讓人無法跨越。

「為什麼會來這裡？」林宇文彷彿非常害怕安靜，又或者是這是他熱情的天性，他再次開口。

曾惜愣了一下，才明白林宇文指的是她為什麼會來這個鄉下小村莊。

「啊，妳不想說的話也沒關係啦。」因為曾惜的沉默，讓林宇文有點緊張的補充。

「我奶奶住在這裡。」曾惜簡短的答道，若是以前，她可能會滔滔不絕地跟他分享自己的故事，但現在她總覺得自己長大了，也能夠明白，這個世界上並不是所有人都值得去說真話。至少在完全認識那個人之前不值得。

林宇文點點頭，「安淇跟以傑，他們也都是轉學生。」

曾惜抬起頭來望著他，很是驚訝。

似乎是被曾惜的表情給逗樂了，林宇文輕聲地笑了出來，「不過他們都是國中就轉來了。安淇剛來的時候也是一副生人勿近的樣子，超兇的。」彷彿想起了什麼有趣的回憶，林宇文瞇起眼睛。

雖然不知道他們之間曾經發生什麼事，但曾惜只是看著他的表情，就可以感覺到，林宇文真的很喜歡這個朋友。

「等我一下。」他忽然起身，拍拍曾惜的肩膀說，然後沿著醫院的走廊走去。

曾惜坐在原位望著他離開，不知道林宇文要上哪去。過了幾分鐘，護理師便從布簾後探出頭來朝曾惜揮揮手要她過去。

「妳朋友已經醒了。」曾惜愣愣的點頭，拉開急診室的布幔走了進去，便看見一臉疲憊的簡安淇坐在床上。

她看著曾惜，「妳幹嘛多管閒事？」

因為簡安淇劈頭就罵人的關係，曾惜一時之間也不知道該回答什麼，只得老老實實地道歉。

「安淇，不要這樣。」此時剛剛離開的林宇文掀開布幔，語氣中有著些許的責備。

簡安淇嘖了一聲，別過頭去。

「這請妳喝。」他給了曾惜一杯罐裝奶茶，「妳先出去吧，安淇交給我就好。」

她接過奶茶，點點頭，又看了一眼簡安淇才走出去。曾惜一個人又坐回了剛剛的座位上，她拉開奶茶罐，思緒在游移。但對於簡安淇的無禮，她並不是很在意。

不知道為什麼，曾惜總覺得，簡安淇這個人越看越熟悉。但她很肯定他們倆並不認識，既然如此，那熟悉感又是打哪兒來的？

百般無聊的情況下，曾惜拿出手機，在社群網站的頁面上輸入了簡安淇的名字，這才發現，原來她們兩個曾經是同一個國中的。林宇文曾經說過，簡安淇是國中時轉學的，曾惜也依稀記得，國二那年似乎有個也算是風雲人物的女孩轉學了。只是沒有想到，那人就是簡安淇。

發現這件事之後，曾惜莫名其妙的開始對簡安淇有了一種「他鄉遇故知」的情感，總覺得好像世界上並不是只有她一個人必須離開熟悉的地方，這也讓她得到了一種莫名的安慰。

這時候林宇文走了出來，他朝曾惜露出了一個不好意思的微笑，也坐回她旁邊，「不好意思，安淇這個人就是這樣……有時候會有點失控……」

曾惜連忙搖頭表示自己不在意，「這個，謝謝你。」她指了指手中的奶茶罐。

「不用客氣啦。」林宇文答，長呼了一口氣後又說：「不知怎麼地，妳讓我想起三年前剛剛來到這裡的安淇。」

她偏過頭，是因為來自同一個地方嗎？

不管怎麼想，曾惜都不覺得自己有其他地方跟簡安淇有像。

彷彿看見她的疑惑，他補充道：「妳們都一樣，明明很懷念，卻又假裝不在意。明明想哭，又假裝無所謂。妳們給我的感覺啊……那是一樣的倔強。」

「我沒有想哭啊……」曾惜下意識的反駁，卻在下個瞬間有種被看穿的不安。

林宇文沒再說什麼，曾惜也不知道該不該說話，索性就維持著沉默了。

隔天到學校時，簡安淇已經到了，她一看見曾惜，就走了過來。曾惜還以為她是要來找她算帳的，連忙反射性地倒退兩步。

「妳不要這麼害怕好不好？」簡安淇蹙著眉頭，再往前兩步，「昨天……嗯。」

曾惜眨眨眼睛，三秒後才明白簡安淇不知道是想道歉還是想謝謝她，總之是正在對她釋出善意的。

「沒關係啦。」曾惜回，投給簡安淇一個微笑。

後者原先有些緊繃的臉部線條也放鬆了一些，她說，「我昨天回家有在臉書搜尋了一下妳，妳知道我們是同一個國中的嗎？」

曾惜點點頭，她也是昨天才知道，「我還有發現妳是我朋友的前女友。」

簡安淇笑了出聲，「哦，對啊，我也有發現。」

「好懷念喔。」曾惜也跟著笑了，腦海裡浮現了一些關於國中時期的記憶。

那天放學，簡安淇反常的揮揮手要林宇文和季以傑先走，他們兩個互看一眼，不知道今天怎麼回事。一直到他們看見簡安淇主動走到曾惜身邊，才各自在心中感嘆簡安淇這是終於要開始交一些知心朋友了嗎？

「曾惜，妳等等有事嗎？」簡安淇問她話的時候，曾惜被嚇了一跳。她原本以為她倆的交集大概就停在「哦，我們同一個國中」這樣而已，沒想到對方還會再來跟她講話。

「沒有啊，要去哪裡嗎？」她闔上書包，這裡和以前待的學校不一樣，附近沒有捷運，不能想去哪就去哪，這裡也不會有同學約她去逛街或者是吃好吃的，搬到這裡之後，曾惜通常放學都會直接回家。

但今天不同，有人找她出去。

聽到曾惜答應自己的邀約，簡安淇開心的握住曾惜的手，又嚇到了曾惜。她在心裡猜測，簡安淇今天應該是吃錯藥，怎麼跟昨天的那個樣子差那麼多。

「可以陪我聊聊天嗎？」她說，再次讓曾惜傻了眼。雖然很想伸出手探探她的額頭有沒有發燒的跡象，但基於彼此還不熟悉，曾惜不敢對她「亂來」，只能呆呆地點頭。

其實曾惜對這個鎮一點也不熟悉。

她會去的地方只有學校和家，知道的路線也只有兩條——家到學校、學校到家——即使知道這個鎮不大，也沒有想去了解它的念頭。

曾惜跟著她，簡安淇走在她身邊，稍微在她前面一個腳掌的距離。曾惜稍微回頭看著她們的背影被拉得好長好長，突然也有點好奇她的故事。

走了十幾分鐘之後，簡安淇走向了一間看起來非常不起眼，不起眼到一般人都會認為是棟民宅的房子門口，拉開門。

一拉開門，一陣濃郁的咖啡香撲鼻而來，曾惜這才發現，原來這是棟隱藏在民宅之中的咖啡廳。裡頭木造的裝潢擺設讓整體環境變得十分溫馨，正在用咖啡的人不多，簡安淇熟門熟路地領著她到角落的位置坐下。

「妳想吃什麼？這裡的烈日鬆餅很好吃喔。」簡安淇將菜單推到曾惜面前，打斷她正對於這個小鎮有咖啡廳的驚訝。她說了聲謝謝，接過一樣是木製的菜單。

她隨意瀏覽了一下菜單，原本她就打算點簡安淇推薦的烈日鬆餅，之所以接過菜單仔細端詳的理由，只是因為害怕尷尬。

「那我點鬆餅好了，妳想吃什麼？」曾惜拿起筆，在菜單上劃記。

「拿鐵就好。」

只是該面對的尷尬還是會來，曾惜和簡安淇面對面坐著，曾惜原本就不是很擅長處理這種情況，再加上她根本就對簡安淇忽然找她出來這件事沒有心理準備。

她低頭，拿起店家提供的檸檬水，輕輕啜了一口想減緩乾尬。在此同時，簡安淇終於開口說話。

「妳知道嗎？妳是這些年來第一個終於讓我覺得不孤單的女生。」簡安淇輕輕的說著，然而語氣裡頭的情感卻不容忽視。

曾惜大概可以理解簡安淇的心情，她也有相似的感覺，雖然還有奶奶陪伴著自己，但總因為失去而有自己孤身一人的感覺。那簡安淇呢？

她怎麼會在這裡？她的家人呢？她原本的朋友呢？她發生過什麼事？

這些問題在曾惜的腦海中盤旋，想找出個問題來開頭，卻一個都問不出口。

「為什麼？」將那些問題濃縮後，她得到這三個字。為什麼。

「為什麼」是個好用的詞，既不會讓對方覺得你特別想打探什麼，又可以再多了解一點。

「我也是會不甘心的啊，就好像韓愈或是蘇軾被流放邊疆的感覺一樣。」她聳聳肩，「那時候看見以前的朋友去哪裡玩的動態，都會很怨恨自己，恨自己為什麼只能窩在這裡，這裡什麼鬼都沒有。沒有地方逛街、沒有電影院、沒有捷運！甚至連咖啡廳都只有這一家。」

簡安淇的心情曾惜能明白，她剛搬來的時候也這麼覺得，後來就索性不去看大家的動態了。不去看就不會去想，漸漸的也就接受了。

「妳為什麼會搬來這裡？」簡安淇問，曾惜簡單交代她父親跟母親離婚而父親出國工作的事情，聽到這裡，簡安淇忽然嘆了口氣，「至少妳還有家人。」

曾惜被她說出口的話搞得一頭霧水，簡安淇，沒有家人？

應該是看見她疑惑的眼神，簡安淇面無表情的說：「我是一個私生女，一個打從出生就不被祝福的孩子。」她說這些話的時候雲淡風輕，好像這都不是她的事。曾惜抿著唇，不是很認同簡安淇這席話。
沒有一個人的出生是不被祝福的，她一直覺得，能誕生在這個充滿愛的世界，是何其幸運，能夠誕生本身就是就是一種祝福。
「把我生下來的女人妳一定知道是誰。」她勾起嘴角，漂亮的唇吐出一個名字、一個曾惜總是在娛樂新聞上看到的名字。
簡安淇的母親，是一線女星。難怪曾惜總覺得她長得有些面熟，仔細一看還真的有相似的神韻。
「那女人說，我的生父是一個已婚的電視台老闆。」她啜了一口拿鐵，「所以他們兩個生下來的孩子，自然留不得。」
聽簡安淇這樣說，曾惜不禁替她感到難過。
同時也開始責怪她的母親，如果真的不想要孩子，當初幹嘛把她生下來，把她生下來再告訴她：妳是留不得的。
似乎是看穿曾惜的心思，簡安淇繼續解釋，「原本那女人是打算生下我以要脅我生父離婚娶她，誰知道，我生父能有今天的地位也是靠他老婆。唉，說起來也是很複雜，總而言之呢，那女人把我生下來後才發現我根本不該出生。」
「這都是她跟妳說的？」曾惜不敢相信，她不覺得這是一個母親該跟她的孩子說的話。
就算欺騙也好，就算什麼也不說也好，怎麼可以……
但無論曾惜是怎麼想的，簡安淇只是點點頭。

「那妳後來怎麼會來到這裡？」曾惜小心翼翼的問，知道的越多，她越感到不寒而慄，更想抱抱眼前那個看起來很堅強又高傲，其實內心極其脆弱的女孩。

「還不就是因為那個女人的死對頭發現我的存在了。我是個絆腳石，但她卻沒種讓我永遠消失，要我至少離開她的世界。我也看開了啦，雖然曾經想過，她為什麼不乾脆殺了我給我一個痛快……不過現在我對那個女人已經沒什麼感覺了。現在跟她請來的打掃阿姨住在一起，至少阿姨人還蠻好的、煮飯也不錯吃。而且……我還有以傑跟宇文，現在又多了一個妳。」簡安淇說著說著，臉上浮現淡淡紅暈，跟她在醫院時一點都不一樣，「不知道我突然跟妳說這些妳會不會覺得我很奇怪，但妳真的讓我覺得……不孤單。就跟他們兩個一樣。」

簡安淇告訴曾惜，如果她願意希望能跟她當好朋友，曾惜當然二話不說答應了，雖然覺得她很可憐，可更多的是佩服。

佩服她的勇敢吧，假設今天換做自己，曾惜不知道自己到底會變成什麼樣子。

她還不夠堅強，所以才會因為一點小事就難過的要命。比起簡安淇，她所遭遇的事情算得了什麼嗎？

曾惜一邊想著，一邊踢著路邊的小石子走回家。

她覺得自己跟簡安淇的放學約會沒有過很久，但當她能看見家裡散出來的燈光時，太陽早已下山。一踏進家門，就看見曾奶奶在廚房內忙進忙出，還跟正從廚房端菜出來的、不應該出現在這裡的某人對上眼。

「呃？」曾惜無意識的發出了疑問的聲響，吸引了奶奶的注意。

「小惜妳回來了啊？」曾奶奶從廚房裡探出頭，「今天比較晚哦，這是最後一道菜了，等奶奶一下哦！」

曾惜乖巧的點點頭，再次將視線投向那個不知道怎麼會出現在這裡的人的身上。

但那人似乎一點也不覺得奇怪，只是淡淡地問：「有事？」

「你……怎麼會在這裡？」

莫名其妙出現在曾惜家的季以傑挑起一側好看的眉毛，好像曾惜問的問題是針對一件再自然也不過的事情。

還沒等到季以傑回答，曾奶奶的聲音就從廚房內傳出來，「煮好了喔！」

「好！」兩人異口同聲的回答，對看一眼後季以傑就自顧自的跑進廚房幫忙盛飯。

三人都盛好飯後，圍坐在餐桌，一種不知該如何描述的尷尬淡淡的飄散著，正當曾惜想開口說些什麼時，曾奶奶就開口了，「哎唷，對啦，奶奶一忙就忘了，小惜啊，他是以傑啦，住在我們家對面，跟妳一樣大，你們應該可以當好朋友喔！」

曾惜咬著筷子，發出嗯的單音，季以傑也是。

誰都沒再開口說話。

吃飽飯後，曾惜幫忙收拾碗筷，季以傑則和曾奶奶在廚房洗碗，兩人不知道在說些什麼，好像聊的很開心。

曾惜將抹布放回架上，就進了自己的房間。

雖然不是第一次覺得沒有歸屬感，但卻是第一次在奶奶家感受到。不是奶奶對她不好，而是，不知道怎麼的，她總是隱隱約約覺得，自己好像打擾到奶奶了。季以傑的出現則讓一切的想法更加真實。縱使和奶奶有血緣關係的人是自己，可是季以傑感覺起來才是真正屬於這個家的。

也許她是打擾到季以傑了也說不定。

「小惜啊，出來吃水果喔！」曾奶奶在外面叫著，曾惜卻不想出去。

「不了，奶奶謝謝，我現在很飽。」她回。

曾惜無力地趴在桌上，把玩著手中的手機，她曾經放不下手機，曾經有無時無刻都想聯絡、想聽聽他聲音的人，不過現在她卻覺得，就算她的手機掉了她也不會想去找。

換了門號、封鎖了以前的一切，為的是什麼？

她不知道，但她必須這麼做，因為她破壞了一切。

她破壞了他們的一切……

想事情是很耗腦力的，而腦力耗盡的結果就是不小心睡著了。

吵醒她的是季以傑關上大門的聲音，同時她也聽見奶奶跟季以傑說，要他明天記得早點起來來家裡吃早餐，別再遲到。

那她搬來的這些日子從來沒看過他來，會不會是因為覺得尷尬呢？是故意每天都等她出門才過來的嗎？那他又是為什麼突然出現？「小惜，奶奶可以進去嗎？」打斷她思緒的是一陣敲門聲還有奶奶的呼喊，曾惜連忙回了可以，自己則坐到了床上，打算把房間唯一的椅子讓給奶奶坐。

「小惜啊……」曾奶奶走了進來，未如曾惜所預期的坐到椅子上，她坐在曾惜身邊，並且握住她的手，「你們這些孩子……」

曾惜側過頭看著奶奶，等著她繼續說，奶奶則用複雜的表情回望她。

良久，奶奶才開口：「以傑這個孩子啊……」

奶奶說，季以傑他的爺爺奶奶原本住在他們家對面。

而他之所以來到這裡，是因為他的父母親原先成立創投公司，結果不知道怎麼搞的：最後不但欠了一屁股債還官司纏身。他們兩個將季以傑安置在祖父母家後就不知道去了哪裡，再也沒回來。

這是發生在他們國中時候的事。

對季以傑來說，這是一夕之間遭逢的巨變，他也許還來不及學會告別，就得學著如何面對不告而別。

季以傑剛到這來的時候，一句話也不肯說，他的爺爺奶奶費了好大一番苦心，好不容易才讓他變得比較不像自閉症一點——雖然還是很孤僻——但沒想到上天還是不願意放過他。

季以傑開始會和其他人溝通之後沒多久，他的爺爺奶奶就因為意外過世了。那天他們兩個聽朋友說有人疑似在台北看見季以傑父母的身影，於是急急忙忙留下紙條給去上學的季以傑，兩老就買了車票上台北。只是很不幸的，他們還沒到台北，就在半路因為車禍而重傷，送到醫院沒幾天就撒手人寰。

曾奶奶說，她去醫院看季以傑的爺爺時，他曾抓著她的手要她好好照顧他的孫子，這份恩情他下輩子一定會還給她。

季爺爺不知道的是，就算他不說，曾奶奶還是會像對待她自己的孫子一樣對待季以傑的。

「所以……要好好跟他相處喔。」曾奶奶說完，拍拍曾惜的手背就離開了房間。

奶奶離開房間之後，曾惜忽然想起，林宇文那天在醫院的時候曾經跟她說，他覺得她跟簡安淇還有季以傑很像，那時候還沒什麼感觸，但現在她深深覺得……

他們真的跟她一點都不像。

因為比起他們，她真的真的，很幸運。

寫完功課之後曾惜本想打開窗戶吹吹涼風，卻在開窗時又和站在外頭的某人對上眼。

季以傑靠在他家的陽台的欄杆上上，若有所思的眼神望進她的眼眸。

也就是這個眼神，讓她往後近乎十年的時間都無法遺忘。

「我……有些事情想問你。」過了很久，曾惜才緩緩開口，她的聲音很小，但在寧靜的鄉下夜晚已經足夠讓季以傑聽見。

「過來。」季以傑回答，眼神並沒有望向曾惜。

曾惜跑下樓，看了奶奶的房間一眼，燈已經熄了，想必奶奶是睡著了。於是她穿上鞋，偷偷摸摸的跑出去，省得吵醒奶奶讓她又要為她等門。

當她跑到他家門口時，季以傑已經倚著門框站在那兒。他對曾惜使了個眼色要她進來，就自顧自的往陰暗的房子裡面走，曾惜猶豫了一會兒，趁著季以傑還沒完全消失在黑暗中，拉住他的衣角。

曾惜怕黑。

沒來由的，就是怕黑。

每次她告訴爸爸她怕黑，爸爸總是會露出一個複雜的表情，然後才牽著她的手要她別怕。

但她至今仍沒搞清楚那個眼神的意義。

「季以傑……」她忍不住叫他的名字，想藉此確認她不是一個人在黑暗中。

「幹嘛抓我？」他回，語氣很兇卻沒拉開她的手。

「我……啊！」

「欸！」

因為季以傑家裡面完全沒開燈，所以從來沒來過這的曾惜被樓梯給絆了一下，差點臉朝地就撞下去。還好季以傑眼明手快即時拉著她。

「噢……謝謝你……」曾惜此時慶幸著這裡是一片漆黑，她可不想讓這個幾乎陌生的少年看見她現在的表情有多麼困窘。

曾惜就這樣被拉到她剛剛看見季以傑的地方，外頭有月光，所以此時曾惜才能看見季以傑的臉。

「什麼事？」季以傑又站回去欄杆旁邊，開門見山的問。

曾惜站在後面看著他的背影，在月光沐浴下還是那麼寂寥，「你會不會覺得……我打擾到你了？」

曾惜想，對於季以傑來說，要接受一個人有多麼不容易。奶奶肯定也花了一番苦心才讓他接納她出現在他的世界，現在自己又突然闖入，會不會反倒害他又覺得失去家人？

聽完季以傑的故事以後，就算他們兩個不熟，也稱不上有什麼感情，曾惜也不希望再看見他難過。

「妳說現在嗎？」季以傑沒有回頭。

雖然知道他看不到，曾惜還是反射性的搖搖頭，「就是……你會不會覺得……你的家庭……嗯，出現了一個莫名其妙的人？」

她不知道自己這樣表達季以傑能不能懂她的意思，只是季以傑這時候突然轉了過來，朝她走近幾步，站定在她的面前。

「妳不覺得……多餘的是我嗎？」他彎下腰，勾起嘴角，笑著問。

這是他第一次對著她笑。

那個笑容，參雜著太多太多她無法體會的思緒。

她想，季以傑之所以到現在才出現在她家，恐怕也是怕她會亂想吧。怕她覺得，自己打擾到別人家了。明明先到這裡來，在這裡和奶奶一起生活的人是他啊……

「我不會覺得你是多餘的。」她認真的眼神直直盯著他，而後嘆口氣，「反而，我一直覺得我才是多餘的。」

季以傑朝她投出疑問的眼神，曾惜才緩緩開口：「其實我以前一直不知道，為什麼我媽要離開，為什麼她看起來總是那麼討厭我的樣子。我常在想，要是沒有我，爸跟媽也許就不會離婚……現在到這裡來，也覺得，要是沒有我，你可能就不會覺得自己多餘。」

他望著她的眼神有些改變，「就算妳沒有出現，我也會覺得自己多餘的。我沒有親生的家人，只有兩個朋友，一個奶奶，我常在想，要是沒有他們三個，那麼我這個人將怎麼被世界定義？說不定就連我消失了，都不會有人發現。」

曾惜想都沒想，便衝口而出，「還有我啊。」

說完她就後悔了，他們根本不太認識彼此啊，她是在說什麼東西……

「呃，我的意思是……既然你覺得奶奶是你的家人、我是奶奶的家人，那你就是我的家人……」曾惜心裡面哀嚎著，這不是越描越黑，什麼才是越描越黑……

這次季以傑真的笑了，真心的那種。

只不過曾惜並不清楚這笑容是不是含有任何取笑的成分，「妳還記不記得我曾經告訴過妳，妳沒有特別可憐？現在想想還真的是，唉，不過像妳這種人啊……就算遇到這些鳥事，應該還是覺得蠻幸福的吧？」

「我一開始並不是這麼想的。」曾惜搔搔頭，暫時不去問他像她這種人是哪種人、這句話的意思到底是稱讚還是貶低，「其實，在跟你們接觸之前，我其實也曾怨恨過，怨恨命運、怨恨發生在自己身上的一切。」還有怨恨那個人。

「只是……我現在覺得，待在這裡好像也沒有什麼不好。不是因為我覺得你們的過去比我還可憐什麼的，而是……不知道這樣說會不會太自作多情，就是……好像找到曾一起患難過的朋友……哎唷，我不知道啦……」

季以傑沒有答話，曾惜小心翼翼的抬頭看著他，深怕自己說錯了什麼。想精準的表達自己的感受卻覺得有些無能為力。她正試著努力成為他的家人，既然緣分讓他們在這裡遇見了，那她決定要努力不要讓他們倆其中一個覺得自己是多餘的。

「共患難？」他笑，然後伸出手來揉亂曾惜的頭髮，「雖然不知道妳到底在想什麼，但妳真的是個蠻有趣的人。」

有趣？她很認真耶！

不過，季以傑的這個反應應該代表至少對她不反感了？

希望是。

「妳只是想說這些吧？走吧，我送妳到大門口。」季以傑越過她，開了陽台的紗窗，態度明顯親切了很多。曾惜一時之間沒反應過來，還愣在原地，「怎麼？想住在陽台啊？」

「哈啾！」正當季以傑轉過頭去時，曾惜冷不防地對著他的後腦打了一個大噴嚏。

剛剛匆匆忙忙地跑出門，連外套都忘記穿……

季以傑皺起眉頭，「快回去吧。」

曾惜摸摸鼻子，只得乖乖點頭。

站在門口，她對季以傑揮了揮手，後者沒有多說什麼，只用下巴指了指她家的門，要她趕快進去。

她輕輕的關上家門，關上門前，曾惜看見季以傑依舊站在那兒看著她。嘴角帶著微微的笑意，她想，其實季以傑也不像奶奶或是林宇文所說的那麼難親近嘛。

「哈啾！」又打了一個噴嚏，這時候她突然想起，好像有人曾說，要是你無緣無故地打噴嚏，那就代表有人在想你。

甩甩腦袋，她試圖將這種異樣的感覺甩掉。

牆上的時鐘滴滴答答的，告訴她現在時間已經很晚了，再不睡覺明天上課時肯定會打瞌睡。

曾惜鑽進被窩，沒過多久就沉沉的睡去。

季以傑在陽台上看著曾惜房間的燈熄滅，他拉開啤酒的拉環，回想著她說的每句話。

「小惜啊，小惜！」在昏沉中，曾惜感覺到好像有人正在搖晃自己，可是不知道怎麼回事，她只覺得腦袋好重、還燙燙的，該不會是發燒了？

只不過出去吹個風就發燒了？體虛也不是這樣的……

「怎麼那麼燙！」然後她聽見奶奶焦急的聲音，「這可怎麼辦？」

「奶奶……」她撐開眼皮，拍拍奶奶的手，「沒事啦……」

「都燒成這樣了，最好是沒事！小惜妳等等啊，我去叫人來幫忙！」

說完，不等曾惜答話，奶奶就匆匆忙忙的打開房門跑了出去。

「在搞什麼東西啊……」過沒多久，恍恍惚惚之間，她聽見了一個少年的聲音。雖然好像能辨認出聲音的主人，但她還是忍不住將這個聲音和記憶裡的人重疊。

在失去意識之前，她好像喚了一聲那人的名字。

那個她曾以為再也不會從她口中吐出的名字。

又好像這一切其實都是她的錯覺。

「曾小姐沒什麼大礙，等她清醒後就可以出院了哦。」陌生的女子嗓音在曾惜頭上響起。

「好，謝謝。」然後一個少年的聲音答道。

恍惚中她聽見少年正在嘆氣。

「麻煩的東西。」他說。語畢，曾惜感覺到他的溫度透過觸摸從她的額頭蔓延開來，「跟簡安淇那傢伙有點像，又有點不像。」季以傑輕哂。

聽見他的聲音，曾惜再一次睡去。

再一次醒來，已經不知道過了多久，曾惜張開眼睛，先是看見窗戶外頭的夕陽，才發現睡在床邊的季以傑，她不知道該不該叫醒他。

曾惜看著他睡著的側臉，很難想像眼前的少年曾經經歷過什麼殘酷的事情。他的睫毛隨著他的呼吸輕輕的顫動，她忍不住伸手去摸了摸他的臉頰。

而這個觸碰似乎驚擾到他，季以傑睜開眼睛，正巧捕捉到曾惜來不及收回去的那隻手。

「呃……我在想說要不要叫你起來……」她就像是做壞事後被逮到的小孩，心虛的不敢看他，如果可以，也許她會找個洞鑽進去。

到底在幹什麼……

「我去幫妳辦出院，妳東西自己收一收。」季以傑沒有看她，也沒有回應她的話或者動作，就這樣逕自走了出去。

曾惜沒看見他的表情，不過，自己可能造成他的困擾了吧。

但，說要她東西收一收……曾惜環顧四周，根本沒什麼東西要收的啊？

於是她關上病房的門，在醫院的出院櫃檯找到季以傑的身影。

她靜靜的站在後面等待，等著等著就發起呆來，就連有人走到她的旁邊她都沒有感覺。

「喂。」季以傑拍了拍她的腦袋，換得她吃痛的一聲：「噢。」

「秋天傍晚還是會冷，穿那麼少，再被送進來一次我一定不會理妳。」他咕噥著，要不是曾惜正盯著他，她肯定會錯過他的隻字片語。

「穿著吧。」季以傑將外套披在她肩上，曾惜看見他別過頭去，笑了出來，「謝謝。」

「我只是不想再看見奶奶擔心妳這個白癡。」他回。

看在他照顧自己一整天的份上，曾惜沒反駁自己是白癡這句話。

她可以感覺到，藏在他那冰冷外表裡面的內心，其實是很柔軟的，他是個溫柔又善良的人。只不過他的嘴巴很壞就是了。

「謝謝。」她又說了一次，這一次，他轉過來看著她，「回家吧。」他說。

他們兩個的關係並沒有因為這一次住院而有什麼改變，季以傑也沒有因此變得多話，在學校時他們一樣沒什麼交集，在家吃飯時他也不會特地來找她講話，雖然有時候她會感覺到季以傑在看她，可是她終究是沒膽轉過去和他對看。

但對曾惜來說，至少，他們倆已經不像之前一樣陌生。

「曾惜，等一下跟我還有宇文去練團吧？」反而是簡安淇變成了曾惜的好朋友，常常有事沒事就跑來找她。

「哦，好啊。」曾惜點點頭。

「季以傑你也來！」簡安淇命令般的說。

季以傑只是看了她一眼，沒有說話，這代表沒有意見，也就是隨便，更白話的說就是好。

簡安淇之前曾經提過，她和林宇文組了一個地下樂團，但老實說，曾惜根本不知道，那到底能不能稱作是一個樂團。因為整個樂團就只有簡安淇跟林宇文兩個人——簡安淇主唱、林宇文彈彈吉他、頂多偶爾再加個季以傑當觀眾。

曾惜常聽簡安淇說她練團時發生的趣事，但她從沒聽過兩人的表演，今天是第一次，思及此，曾惜忍不住開始期待。

「你們都在哪裡練團啊？」曾惜問，簡安淇收拾著書包，沒有抬頭看她，「在我家啊。」

簡安淇家在鎮上比較偏僻的地方，四周除了田以外什麼都沒有，就連路燈都壞得只剩一兩盞會亮。

他們到達簡安淇家時剛好看見即將消失在地平線的夕陽，曾惜轉過頭，一時之間看傻了。

「妳……」走在簡安淇和林宇文後面的季以傑回過頭，本來想問她幹嘛不進去，但看見她看著夕陽的樣子，季以傑有一瞬間覺得，也許不進去也可以……時間能停下來的話更好。

「嗯？」等夕陽完全消失之後，曾惜才轉過頭來，恰巧對上了一直看著她的季以傑的雙眼。這也才從愣神中回神，季以傑別過臉，再次忽略她的話，逕自走進簡安淇家。

曾惜再次一頭霧水，她做錯什麼了嗎？

「你們倆跑哪去了啊？」簡安淇一邊調整著麥克風，看見曾惜跟著季以傑走進團練室時隨口問道。

季以傑沒有回答，走到一旁的沙發上坐下。

「沒有啊，看夕陽而已。安淇，妳家門口真的是一個很適合看夕陽的地方呢。」曾惜笑著回答，但簡安淇卻停下動作，抬起頭來看著她。她沒有笑，就只是面無表情的看著曾惜，像是在思考。

在曾惜還沒來得及搞懂簡安淇在想什麼、她又該說些什麼時，簡安淇就已經轉過頭看向林宇文，「你準備好了嗎？」

林宇文點點頭，其實剛剛簡安淇異常的表情他都看見了，只是，他最後也什麼都沒說。

「曾惜，妳去坐那吧。」林宇文指了正在滑手機的季以傑身旁的位置，曾惜點點頭之後就朝季以傑的方向走了過去。

簡安淇深呼吸，閉上眼睛後再次睜開，跟林宇文很有默契的互看一眼後開始了表演。

曾惜坐在台下聽著，時而環顧四周，簡安淇家的團練室雖然不大，但可說是應有盡有。她對音樂這種事沒什麼研究，但放在角落的那些儀器怎麼看都是很專業的樣子。而且由麥克風的聲音曾惜也能聽得出來，簡安淇這些設備都不是開玩笑的。

但簡安淇剛剛是怎麼了呢？

曾惜聽著簡安淇的歌聲，思緒越飄越遠。

「啊，不對不對。」不知道是第幾次，簡安淇揮了揮手要林宇文暫停。「你不覺得這樣怪怪的嗎？好像哪裡不對……」

「嗯……」林宇文也點點頭，「不然再試一次吧。」

在經過幾次和林宇文的互相調整之後，簡安淇似乎真的出現了無法克服的瓶頸，她很苦惱地放下麥克風。而後又像是忽然想起什麼一樣，開口問她，「曾惜，不如，換妳來唱唱看？」

「我？」曾惜指著自己，困惑地眨眼，由她來唱會比較好嗎……她甚至聽不出他們口中的「怪」是怪在哪裡……

簡安淇用力的點點頭，雖然對於簡安淇恢復正常感到鬆一口氣，但，明明說好只是來看他們練習，怎麼變成她來練習給他們笑話了？

「拜託啦。」簡安淇走下台，直接拉著曾惜站到台上，將麥克風放到她手裡，自己坐回去曾惜剛剛的位置，頭還靠在季以傑肩膀上。

季以傑看了她一眼，沒說什麼也沒有推開她。

曾惜愣愣的看著他們，又看了一眼身旁的林宇文，他也看著他們，曾惜看不出他在想什麼，對她來說，林宇文一直都是她最看不透的那個。但過了幾秒，他又像沒事一樣對著曾惜微笑，「曾惜，妳準備好了嗎？」

「啊？啊，喔。」她清了清喉嚨，隨著林宇文的吉他聲流洩出來，她開口唱歌。

相較於簡安淇，曾惜的聲音少了一份氣勢，但卻更加清新。她的聲音跟她的人一樣，淡淡的、柔柔的，卻沁人心脾。不是最搶眼的，卻是最能滲入對方心臟的。

季以傑抬起頭，看著曾惜，簡安淇看了他一眼，然後也將注意力放到曾惜的歌聲上。

當最後一個音落下時，簡安淇興奮地從沙發上跳起來。

「曾惜，妳從來沒說過妳這麼會唱歌！」她抓著曾惜的肩膀，曾惜被她的動作給嚇到，呆呆的看著簡安淇太過靠近的臉，不知道要回答什麼。

「呃……」

「安淇，妳嚇到她了。」林宇文把簡安淇拉開，曾惜這才開口，「我沒有很會唱歌啊……」

她認為，比起簡安淇，她的聲音並不算出色，也不夠有力。

「啊，妳在謙虛什麼啊！」簡安淇拍了拍她的背，「好啦，我知道我的問題在哪裡了，謝謝妳啊，曾惜妳幫了我大忙。」

「幹嘛謝我啦，我什麼也沒做啊。」曾惜擺擺手，雖然不知道現在到底是怎麼回事，但她還是對自己能幫上忙感到很開心：「是安淇妳自己的功勞啦！」

這時候一直在偽裝啞巴的季以傑才開口說話，「簡安淇，我們差不多要回去了。」他將手機放到口袋。

簡安淇點點頭，若有所思的接回曾惜手上的麥克風。

「那你們先走吧，我再留下來練練。」林宇文笑著說，「曾惜，下次有機會再來唱歌給我們聽。」

曾惜點點頭，轉身跟上已經走上樓梯的季以傑。

「哎，季以傑你等我一下啦。」她小跑步跟上他時，季以傑已經走出門，幾乎沒入夜色。

簡安淇家門的小路一到了夜晚就幾乎是全黑的，曾惜有點害怕，又抓住了季以傑的衣角。

他放慢腳步，轉過頭看著曾惜，什麼也沒說，拉過她揪著他衣角的手，握在自己手裡。

「你……」

「沒想到妳還會唱歌。」季以傑打斷曾惜的話，說。

因為夜色太暗，曾惜也不太確定季以傑有沒有在笑，但她似乎能感覺到他的愉悅。

「是你們講的太誇張了。」

季以傑聳肩，不再多說什麼。

曾惜在幾乎沒有光的地方，看著他牽著她的那隻手，也沒有再說什麼。

當他們到家時，奶奶早已準備好晚餐，正等著兩人。

「今天去哪玩了啊？」坐在飯桌前，奶奶問，一邊夾菜給兩人。

「去唱歌了，不是，去聽安淇唱歌了，喔，還有林宇文。」曾惜說，看向季以傑，後者點點頭，沒有停下吃飯的動作。

吃完飯後，曾惜讓季以傑去幫奶奶洗碗，自己則進了房間。

這也許算是兩人的小小默契吧。曾惜讓季以傑有時間像以前一樣單獨和奶奶說話，她沒有明講，他卻能懂她的貼心。

但是，有時候曾惜真的是不懂季以傑。就好比說……他為什麼要牽她呢？

「嗯，一定是把我當成家人了。」她想。

她想說服自己，一定是這樣沒錯。但卻有一小部分的自己，並不想被說服……

這種奇怪的感覺是什麼，自己又為什麼越來越少想起以前的事，她不敢細想。

當季以傑關上曾惜家的門時，他深深吐了口氣。他抬頭看向二樓，那是曾惜的房間，窗簾是拉上的，裡頭的燈光亮著。

這個女孩，總是讓他越觀察越覺得捨不得。

她雖然看起來想表現得一切都很好的樣子，卻總是在不經意的時候露出一點點憂傷，那種時刻，她的表情都會令他忍不住皺眉。

她對大家都很好，很體貼，卻不會說明，也很少抱怨。

若真要詳細來說他也不知道該怎麼解釋才好，可是，他能確定的是，他不想看到她難過、也不想讓她受傷。

他看了二樓的窗戶好久，困在自己的思緒裡。

「以傑。」當他準備走進自己家門時，有個人忽然叫住了他。

季以傑回過頭，就看見林宇文背著吉他站在他身後。

「怎麼來了？」他挑眉。

林宇文笑笑，「你不邀請我進去你家嗎？」

「喔，歡迎蒞臨寒舍。」季以傑白眼他，很配合的邀請他進屋，臉上的表情卻比較像是在說「你給我滾出去。」

他跟在季以傑身後進屋，自動自發地打開他家客廳的燈，坐到了沙發上。

「要喝茶嗎？」雖然看起來沒有很歡迎對方，但季以傑還是從廚房探出頭來問。

「水就可以了，謝謝。」

季以傑拿著一杯水走到客廳，在林宇文對面坐下。

「謝謝。」他接過杯子，喝了起來，並沒有要開口講話的意思。

「什麼風把你吹來的？」季以傑見他沒有要說話，便自己開了口。

雖然他們是好朋友沒錯，但他可不覺得林宇文會沒事跑來他家喝水。

「那我就開門見山的說了。」林宇文放下杯子，「我說，你啊，該不會是……喜歡上曾惜了吧？」

隔天曾惜出門時，正巧遇到了同樣準備出門去上學的季以傑。

「早安。」曾惜對他說，將奶奶準備好的早餐交給他。季以傑接過之後沒有答話，只看了她一眼。

就是這樣的個性，曾惜從來沒搞懂，這跟人跟她是感情好還是不好。

她默默跟在他後面，沒有要追上他。一來是怕打擾到他，二來是怕尷尬。

他這種老對人家愛理不理的個性，雖然不算是沒來由的，但她總不能自言自語一整路吧？

而且，曾惜發現，最近只要他出現在自己的視線範圍，她就會忍不住想看著他。

她知道這種感覺不是憐憫也不是同情，卻無法釐清。

瞥了一眼身後的女孩，季以傑覺得她今天怪怪的，卻沒有立場開口問。

於是他默默放慢腳步，想著事情的曾惜沒注意到，就直接撞上了他的背。

「噢。」她吃痛的摸摸鼻子，「對不起……」

季以傑對她皺眉，曾惜以為他在生氣，連忙解釋：「我剛剛在想事情，一時恍神才不小心……」

「在想什麼？」不待她說完，他順著她的話接下去。

他原以為可以得到解答，但曾惜怎麼可能告訴他她正在想跟他有關的事，於是便含糊的帶過，「就，小事啦。」

「喔。」得不到答案的季以傑不太開心，本來就生人勿近的表情一路上看起來更加的不悅。

曾惜偷偷覷著他，畢竟是自己錯在先，她也不希望跟他吵架，糾結了一會之後她小心翼翼地拉著他書包的背帶，問：「你還在生氣嗎？」

季以傑看了一眼她抓住他書包的手，那隻手小小的，很纖細，很白，令他想要握緊。

「沒有。」他微微勾起嘴角，曾惜沒放過他表情的細微變化，雖然沒搞懂，但忍不住也跟著漾起微笑。

他看著手還沒收回去的曾惜，她的笑容讓他心跳漏了一拍，可他終究是沒有表現出來。

兩個人各自懷著思緒到了學校，一進教室，簡安淇就跑了過來，「欸欸，曾惜。」

「怎麼了？」曾惜放下書包，看著她。

「禮拜六開始是連假耶，聽說附近的海洋公園會舉辦花火節，要不我們四個一起去吧？」

曾惜眨眨眼睛，上次去類似是遊樂園的地方已經是好久以前的事情了。

那些許久未出現在她心頭的人忽然唰的湧上來，她和他們的所有回憶，全部都依舊清晰可見。

「曾惜？」見她沒有反應，簡安淇伸出手在她眼前晃了晃。

她這才從回憶中掙脫出來，「嗯？喔，好啊！」

「那太好了。」簡安淇開心的拍了一下手，隨後轉過頭，「欸季以傑，你有聽見了吧？」

季以傑朝她點了點頭，然後看著曾惜。

曾惜被他看得莫名，雖然最近他常常這樣，但不知道是不是錯覺，她總覺得季以傑越來越常沒來由的盯著她。

簡安淇看著兩人，沉默。

放學的時候，可能是因為昨天在音樂上有了突破，簡安淇只跟曾惜說明天見，就拉著林宇文的手消失在走廊盡頭。

曾惜看著兩人的背影，還沒回神，季以傑就拿著她的書包走到她身邊。

「回家吧。」他說，將書包交給曾惜。

「嗯，謝謝。」這是第一次，他主動要跟她一起回家。

回家的路上季以傑配合著曾惜的速度，走在她身旁。

曾惜的步伐還算輕快，這讓季以傑也有了不錯的心情。

就算今天又想起那些回憶，但或許是因為有了他，有了他們三個，回憶不再那麼撕心裂肺。

為此，曾惜不由得感到慶幸。她先前從沒想過自己會有逃離回憶的這天，甚至已經準備好被它糾纏一輩子了，但現在，她已經在慢慢將自己留在過去的靈魂拉回現實，所有事情其實都已經過去的現實。

也許來到這，真的不是一件壞事。

它讓自己遇見了更好的人，這是她從未想過、也從沒有想要去相信的。

「妳在開心什麼？」沿路觀察曾惜表情變化的季以傑開口。

意識到這個帶著她準備逃離過去的人就在伸手可及之處，曾惜笑著說，「沒有啊。」

「妳真的很傻。」季以傑揉亂她的頭髮，她還是在笑。

心情大好，曾惜抱著季以傑的手臂，這個動作讓他挑起眉頭，看著她。

「謝謝。」她說。

「謝什麼？」這次換季以傑摸不著頭緒。

「沒事。」曾惜嘿嘿的笑著，搖搖頭，怕季以傑覺得自己太唐突，又放開了手。

雖然很想跟她說就這樣抱著也沒關係，但季以傑是不會開口的。

走在他身旁，曾惜抬頭問他：「安淇生日是不是正好是花火節那時候啊？」

曾惜想起之前在社群網站上看過的她的資料。

「嗯啊。」季以傑點點頭。

「你要送禮物嗎？」曾惜問。

他沒有說話，表情看起來像是在思考。

看著他這麼認真想事情的樣子，曾惜也能猜到他是在想要送些什麼。

是啊，該送些什麼好呢……

此時正並肩走著的兩人，並沒有發現，後頭有個女孩正看著他們，從她的臉上看不出思緒，眼中卻滿是羨慕。

吃飽飯後，照慣例曾惜是會回房間去的，但今天她卻躺在客廳的沙發上，開著電視陷入沉思。

簡安淇會喜歡什麼東西呢？曾惜這才意識到，雖然他們是好朋友，但也許，自己也不是很了解她吧？

光是了解她的過去是不夠的，曾惜想要了解的，是她的內心，當然，對其他兩人也是這樣。

只是，這恐怕是急不得的……

「妳在想什麼？」季以傑走到客廳，發現她呆呆的看著天花板，沒有反應。

「沒……」曾惜說，看了他一眼，感覺不是很想搭理他。

季以傑在曾惜旁邊坐下，她這才坐了起來。

「我回房了。」她說。

看著她離開的身影，季以傑低下頭，想著剛剛奶奶在廚房跟他說的話。

曾惜一進房間便整個人趴到床上，她把臉悶在棉被裡，不知道為什麼，她想好好思考該送簡安淇什麼，但只要季以傑一出現，她卻總是不由自主的想起季以傑剛剛認真思考該送她些什麼的表情。

「我怎麼了啊……明明大家都是好朋友，我在不開心什麼啊……」

該不會是在吃醋？

這個念頭一出現在曾惜腦袋裡，她便用力地甩甩頭，不想承認也不敢想。

別鬧了啊……

但曾惜卻不知道，季以傑早就從她落荒而逃的背影看穿她的心思。

今天的季以傑原本心情就還算不錯，但在跟奶奶說了再見之後，心情那是更好到一個要飛上天。

雖然不想看到曾惜任何不開心的表情，可是如果是因為他的事情而出現的小小的、吃醋的不開心，那倒還……可以接受？

那表示，她應該也算是有點在意他吧。

季以傑不清楚，自己是什麼時候、又是為什麼開始在意她的一舉一動。是因為她讓他們都跑去醫院的時候那個不知所措的樣子嗎？還是她跟他說想成為他的家人那時候？又或者，是她一直以來，每個動作、每個眼神中散發出來的善良、溫柔，那個安靜卻又閃閃發亮的靈魂，在不知不覺之間吸引住他目光的神情。

只是，她是怎麼想的呢？他想知道，她的想法、她的過去、她那些偶爾出現在臉上的淡淡憂傷。

他想知道她的一切。

一直以來試圖將所有人阻隔在圍牆外面的人都是他，但是曾惜，是第一個讓他想翻過自己築起的高牆，去到她身邊的人。

出發去玩的日子很快就到了，這天曾惜一大早就爬了起來，因為她一整晚翻來覆去都睡不太著。雖然時間還很早，但奶奶早就已經出門去巡田水了。因為今天也不趕著上學，所以她自己弄了份早餐，正要關上瓦斯時，家裡的門卻無預警的被打開了。

她走到玄關，想看看是不是奶奶回來了，結果卻看見了背著包包的某人。

「妳真早起。」季以傑動作自然熟練地關上門，看了一眼她身上的圍裙，「妳在煮什麼？」

「就早餐啊。」曾惜見是他，便走回廚房打算將早餐從鍋子移到盤子裡。

「我也要吃。」他說，跟著她走進廚房。

曾惜專心盯著盤子，沒有看他，「煎個蛋跟吐司而已，你自己用就好啦。」

季以傑沒有回答，她這才轉過頭去看他，恰恰對上了他的眼神。

經過這些日子的相處，曾惜知道他的意思是，我不管，煮給我吃。

只是不知道這純粹是因為他懶還是這其中有任何一點點撒嬌的成分。

「真拿你沒辦法。」曾惜重新打開瓦斯，動作熟練地打了蛋進鍋子。

季以傑發現她在烹飪時異常地專心，連他站在她身後笑的眼睛都瞇起來了，都沒發現。

他默默靠近她的背後，在準備起鍋時阻止了她的動作，「等等。」

曾惜的手停在半空中，循著聲音轉頭，因為兩人太過靠近，她的臉剛好埋進季以傑的頸間。

「噯？」她被嚇了一跳，手中的鍋子差點掉到地上，幸虧季以傑及時抓住她的手。

他的左手抓著她的，右手伸長拿到了胡椒罐。

「胡椒在起鍋前加比較好吃。」他說。

曾惜愣愣地點頭，雖然她從沒聽過這種事，但見季以傑說得煞有其事，她也就相信了，然後默默的把它記下。

勾起嘴角，他放開她，逕自走到飯廳坐下。

誰管胡椒在什麼時候加啊，根本沒差好嗎？

「真傻啊……」這種鬼話也相信。

季以傑沒想到的是，坐在飯廳傻笑的自己，其實更像個傻瓜。

「喏。」曾惜兩手各端著一個盤子，從廚房裡走了出來。

雖然對於季以傑一大早就跑來的行為感到摸不著頭緒，但老實說，能看到他也是滿令人開心的。

她將盤子放在他面前，自己則在對面坐了下來。

難得這飯桌上只有他們兩人，曾惜默默吃著，覺得有點太安靜，又覺得其實就這樣安安靜靜的也不錯。

這時候她突然想起，「你買好安淇的禮物了嗎？」

這個問題整整困擾了她三天，最後她才在一家小店裡面才找到了簡安淇可能會喜歡的東西。

那他呢？比自己還要了解她的他，應該買了很適合簡安淇的東西吧。

「嗯。」季以傑點點頭。簡安淇的禮物對他來說不難買，反正他東西送出去，心意有到，簡安淇喜不喜歡他並不是很在意，他在意的是……

曾惜本來想問問看他買了什麼，不過季以傑，在她看來並沒有想要接續這個話題的意思。

也對，或許他們之間的事，她本就不該過問。

不禁有點小失落，就算再怎麼努力說服自己，他們之間，她跟他們三人之間，彷彿有道無形的牆這種事，始終是沒辦法被忽視的。

她是個外來者，這是事實。

「我先去收東西。」曾惜將食物通通吞下肚之後，就拿著盤子離開了飯廳。

季以傑低著頭吃東西，一直到曾惜轉過頭去，他才抬起頭來看著她的背影離開。

他知道曾惜並不想讓他們知道她有時會出現的那些悲觀的想法，所以他沒辦法多說什麼，他不想拆穿她。

他能體會她的感覺，和當年的他一樣。唯一不一樣的是，她總是試著偽裝，不像他乾脆利落的將自己禁錮起來。

對曾惜來說，無論別人說些什麼都是沒用的。所以，他會用行動證明。

「唉。」曾惜關上房門，拉開行李，確定自己將該帶的東西都放進去了。

她覺得，其實有時候她自己也搞不懂自己。可是總覺得自己才正要走出一個漩渦，又好像在往另一個漩渦走。

想著想著，她又忍不住趴在床沿睡去。

「欸，要出門了……」跑上樓的季以傑本來只是想提醒她時間快到了，但從她半掩的房門看進去，正好可以看見曾惜睡著的臉。

他輕輕的推開門，走到床旁邊蹲下。

忍不住伸手摸了她的臉頰，曾惜皺了皺眉頭，在無意識時伸出手撥開他。

被撥開的季以傑這下可不開心了，他拉開她的手，捏住她的臉頰。

「噢……」曾惜這才睜開眼睛，「你在這裡幹嘛？」

他放開手，站了起來，居高臨下的對她說，「來叫妳起床啊，不然大家都要等妳了。」

聽季以傑這麼說，她看了一眼牆上的時鐘，才發現離集合時間只剩下不到二十分鐘，「啊，都這麼晚了。」

她匆匆忙忙地想站起身，但卻因為腳麻差點跌回地上。

「小心一點行不行啊。」季以傑扶著她的肩膀，嘆氣。

「喔，謝謝。」

他放開手，拎起她的行李，準備往門口走去。

這時候他忽然又回頭，看著她，「能走嗎？」

想都沒想，曾惜用力的點點頭，不想麻煩他，要自己站起來。

季以傑哪裡會不知道她的心思，於是他又走回來，一手扶著她，「妳真的是……」

曾惜低著頭，她一向不喜歡麻煩人家，在來到這裡之後更是如此。

雖然想要依賴，又怕對方覺得自己是個累贅。

「我可以自己走了。」走到家門口時，她說。

季以傑睨了她一眼，順著她的意，放開她。

「那個，我也可以自己拿。」曾惜指了指他身上的她的行李。

這次季以傑假裝沒聽到，逕自超越她走出家門。

走出門後的季以傑，趁著曾惜關門時悄悄嘆了口氣，他只是想讓她知道他是可以依賴的人，卻又不想讓她覺得不自在。有時候分寸實在很難拿捏。

曾惜一路上都跟在季以傑後面，有點怕打擾他卻又想跟他說說話，於是她問，「你今天怎麼會來吃早餐？」

「我怕妳如果迷路我還要等妳。」他說，沒有回頭。

她這才發現，自己根本就不知道火車站該怎麼走。

這個小鎮的火車站位在有些偏僻的地方，不像其他地方，在火車站附近都有市集、市場什麼的，據說是因為那裡之前曾經發生大火，當地人才將市場及住宅移到其他地方去。

他這是擔心她迷路還嘴硬或是他真的不想等她？

季以傑，其實也是滿難懂的啊。

「謝謝。」她說，不管對方動機為何，他也真的幫助到她了。

他沒有回應，但曾惜知道他聽見了。

約莫走了十分鐘，他倆才剛好在指定的時間抵達火車站。而簡安淇和林宇文已經坐在車站裡面等他們了。

「你很慢欸！」一看見季以傑，簡安淇就站了起來朝他走去。

季以傑看了一眼大廳的時鐘，又看了簡安淇一眼，表示他並沒有遲到。

曾惜走在他後方，看見兩人的互動，不禁感嘆這就是默契啊，不用說話也能溝通。

但她沒有發現，季以傑跟自己也正在朝「無聲溝通」這個方向前進。

「你們一起來的啊？」林宇文也從長椅上站起來，看著曾惜問。

「嗯，對啊，因為我不知道火車站怎麼走。」她乾笑了幾聲，有些不好意思。

林宇文點點頭，簡安淇聽見曾惜說的話後跟著點點頭，「還好妳有遇到季以傑。」

「好啦，火車也差不多要進站了，走吧。」林宇文說，他們三個就跟在他的後面進站了。

季以傑手上還提著曾惜的行李，走在簡安淇正前方，她看了一眼季以傑的背影，又看了一眼走在自己身旁、看起來很想睡覺的曾惜，若有所思。

「安淇，妳就跟曾惜一起坐好嗎？」一直到林宇文回過頭來問她，她才從思緒中回過神。

「嗯？喔，當然好啊。」

上車後，簡安淇準備將自己的行李放到了座位上面的行李架。林宇文坐在她後方，見狀，趕緊站起身來，「我幫妳們吧。」

他接過簡安淇的行李並安置好後看向已經快睡著的曾惜，問：「咦？曾惜妳沒有帶行李嗎？」

「在我這裡。」不待曾惜回答，站在林宇文旁邊放自己和曾惜的行李的季以傑幽幽的說。

「這樣啊。」林宇文點點頭，看了看三人，露出複雜的表情。

坐定後，簡安淇就靠近曾惜耳邊，用氣音說，「妳怎麼這麼剛好遇到他啊？」

「就是……」曾惜一時沒反應過來，簡安淇趕緊摀住她的嘴，要她小聲一點。

她可不希望被坐在後面的某人知道她在打探這個。

雖然不知道為什麼，但曾惜很配合的降低音量，「喔，其實是他一大早就跑來我家吃早餐啦……」

「你們是什麼關係啊？」她接著問。

「啊？」曾惜再次愣住，不懂為什麼簡安淇會這樣問，「朋友啊。」

得到這個答案，簡安淇點點頭，不再接續這個話題，話鋒一轉，說：「我可是期待很久了呢，而且我還怕睡過頭，昨天一整夜都沒睡。」

「天啊，那妳在車上睡一會兒吧。」曾惜答道，如果是跟她一樣睡不著就算了，但她可無法想像一整夜都撐著不睡的感覺。

簡安淇點頭表示同意，「所以我要來補眠了，有夠累。」

過沒多久，簡安淇的呼吸就變得平穩。看著她睡著的側臉，曾惜在不知不覺之間，也跟著進入夢鄉。

兩人都睡著後，林宇文站起身去洗手間，經過兩人時，看著她們睡成一片的樣子，忍不住笑了出來。

「你家曾惜睡著了，要拿外套給她蓋著嗎？」走回來時，林宇文問。

季以傑睨他一眼，把自己的外套丟給他，沒有反駁某人是他家的這句話。

林宇文接下外套，小心翼翼的披到曾惜身上，自己則將身上的外套蓋到簡安淇身上。

「你這樣，怎麼追得到我們曾惜呢？」他笑說，開玩笑般對他挑了挑眉。

「不用你管。」季以傑答道，很不耐煩。他有時候很想揍扁調侃他的林宇文。

林宇文嘆口氣，語重心長的開口，「不是我要說，你如果不坦率一點，她是不可能明白你的心意的，畢竟你們都是這麼被動的人。就是經歷的太多，所以才想那麼多，有時候都忘記最單純的部分了。我不只是說你，也在說她。你這種個性啊……唉，再敞開心胸一點吧，不管是對她、還是對這個世界。」

對季以傑來說，要突破曾惜的心房、讓她對他完全敞開心胸並不是件容易的事。他不擅長說一些好聽的話，也不太懂得安慰別人，甚至不是一個坦率的人。他知道曾惜想很多，可他自己也是，甚至沒有勇氣講清楚，就怕真的是自己一廂情願。

但如果是為了她，他想，他願意、他可以做到。

「你得試著改變。」林宇文抿起雙唇，思考一會兒後，歪著頭說，「也許她也是吧。」

睡翻的兩人，一直到火車快要抵達目的地，才被林宇文叫醒。

「起床啦！妳們兩個昨天晚上是一起跑出去玩了嗎？」他看著兩人，嘴角噙著微笑。

曾惜一聽見林宇文的聲音，立馬從位置上彈起來坐正，揉著眼睛問：「到了嗎？」

季以傑此時則已經將他們的行李通通搬了下來，站在林宇文旁邊。他看著睡眼惺忪的曾惜，還有她的反應，忍不住覺得好笑。

相較於曾惜，簡安淇似乎是一個有起床氣的人，她臉色很難看的坐在旁邊，盯著已經滑落到她大腿上的那件外套。她側過頭看向曾惜，又看了一眼林宇文和季以傑，沒有說話。

「好啦。」林宇文蹲下身，「我揹妳，妳繼續睡。」

「曾惜，妳和以傑先下車吧。」他說。

曾惜愣了一下，才點點頭，「喔，好。」走之前還不忘回頭看簡安淇，確定她真的沒事。

但也是因為回頭這個動作，讓曾惜在車廂和月台的高低差不小心踩空。

幸好季以傑一直看著她，才能及時拉她一把，「嘖，專心看路。」

「謝、謝謝。」以為季以傑在生氣，她低著頭道謝，不敢看他。

最近養成觀察曾惜一舉一動這個興趣的季以傑，看到她的反應不知道該哭還是該笑，就這麼怕他啊？

然後，他又想起林宇文剛剛在車上跟他說的那些話，他伸出手，猶豫了一下後還是揉揉曾惜的腦袋瓜。

曾惜因為他這個小動作而心跳漏了一拍，這時候林宇文背著簡安淇也下車了。

簡安淇把臉埋在林宇文的背上，林宇文只是偏過頭看她一眼，臉上盡是寵溺的笑。

「先讓她在旁邊的椅子坐一下吧，不然你要背著她走一整路嗎？」季以傑皺著眉頭說，他不得不承認，雖然他們是好朋友——儘管看起來不太像——但他有時候還是有點受不了簡安淇的任性。

以前她也會像對林宇文撒嬌這樣對待他，只是季以傑實在是不吃這一套，久了簡安淇也就不自討沒趣了。

也可以算是找到了彼此相處的一個，最溫柔的模式吧。

「也好。」

林宇文點點頭，在車站外面找了張長椅就讓簡安淇坐下。只是她坐下後，還是死死抓著林宇文的衣服，因為被他擋住的關係，曾惜看不見她的表情，直覺告訴她簡安淇怪怪的，應該不是起床氣那麼簡單。不過，她也不知道如何開口，因為這可能也是簡安淇不想被他們看見的某一部分。

「那邊有販賣機，我去買罐水給安淇吧。啊，季以傑你跟我去。」曾惜拉著季以傑，後者才剛把行李通通放到了簡安淇的旁邊的長椅上，就被拉得那是一個不知所措。

曾惜覺得，她應該要迴避一下，季以傑也是。她總是覺得，比起季以傑，林宇文和簡安淇之間有著一種微妙的連結，那是不允許外人碰觸的，比起他們四個、或者是三個之間更加緊密的那種。有些她的事情，只有他知道，也只想給他知道。

站在販賣機前面，曾惜手撐著販賣機，嘆了口氣。季以傑站在她的後方，居高臨下地看著她。察覺到他的視線，她抬起頭，季以傑則對她挑眉。

「安淇是不是有煩惱啊……」曾惜忍不住問。

她其實也希望，自己是簡安淇那個可以分享心事的人。

「看起來是吧。」他點點頭答道，「妳很在意她不跟妳說嗎？」

「嗯……應該是說，我知道她跟我沒有像她跟林宇文或者是她跟你一樣好，但是我不想看見她難過的樣子，如果有什麼我能幫上忙的地方就好了。」曾惜蹲了下來，手撐著雙頰，感覺有點沮喪。

季以傑此時也不知道該說些什麼才能安慰到他，其實他自己也是一樣，雖然和兩人是好朋友，但說實話，自己是外人的感覺還是一直隱隱約約存在在他的腦袋裡，「她會沒事的，她沒那麼弱。」最後，他也只能擠出這句話。

可是當曾惜看著他堅定的眼神時，只覺得自己和他們更加生疏了。

她不知道，季以傑眼底對簡安淇流露出的情緒究竟來自於什麼情感。

會是她不希望的那種嗎？

曾惜站起身，忘掉那些複雜的思緒，或許讓事情順其自然的發展是對他們最好的選擇。

「也是。」她投了幾枚硬幣到販賣機裡，隨著瓶裝水掉落的聲音，她嘆口氣。

撿起瓶裝水，曾惜逕自走回簡安淇坐著的長椅那兒。

季以傑站在原地看著她的背影，有些不知如何是好。他想，也許某些時刻他真的該跟林宇文學學。

「安淇，給妳。」當曾惜回去時，簡安淇看起來已經正常許多，林宇文站在旁邊，看著兩人。

簡安淇抬起頭，先看了一眼林宇文，然後才接過曾惜手上的水，「謝啦。」

曾惜對她投以微笑，想問她好點了沒，想想還是作罷。

「那我們出發吧。」簡安淇轉開瓶蓋，喝了口水，拍拍自己的大腿從長椅上站起來。

她勾著曾惜的手，另一隻手拎起自己的行李往車站外走。

看簡安淇恢復平常的樣子，曾惜鬆了口氣。

簡安淇拉著曾惜走出車站，她這才想到她不知道接下來該往哪裡走。轉過身，簡安淇問走在她們後方的林宇文，「要在哪邊搭公車啊？」

林宇文走向她們，季以傑則跟在她身後。

「我看，不如搭計程車去飯店吧。」林宇文拿出手機，看了看，「搭公車還要轉車，大家拿那麼多行李也不方便。」

「那邊有計程車。」季以傑用下巴指了指旁邊樹蔭下一整排的計程車。

於是四人往那兒走去，司機先生此時正坐在車裡看宮廷連續劇，一看見他們，便熱情的下車招呼。

「年輕人，搭車嗎？去哪？」

林宇文對司機微笑著點點頭，「去海邊飯店。」

司機先生看了一眼手錶，「我這車是七人座的，如果跟其他人併車的話，到海邊飯店一個人一百五。等等還會有一班車進站，應該還會有遊客要去飯店，你們可以先把行李搬上車，再等兩個人來我們就出發。」

曾惜想起，之前和朋友們去九份玩的時候，車站那兒也很多共乘的計程車在攬客。

「外面很熱，安淇，妳和曾惜先上車吧。」林宇文接過她們兩個手上的行李，打開後車廂之後和季以傑一起將東西都放進去。

車內，曾惜和簡安淇並肩坐在最後一排，前者一直不停地轉頭看後面，直到簡安淇的話將她的注意力引了回來。

「曾惜……我可以問妳一個問題嗎？」簡安淇開口，曾惜看著她，沒來由的，她就是覺得簡安淇接下來要說的話很重要。

「嗯？好、好啊。」一面對這樣的簡安淇，她不由得緊張起來、正襟危坐。

她其實有點害怕，但確切來說，害怕什麼，她無法解釋。

「妳……」簡安淇深呼吸一口氣，正要講話時，後車門突然被人給打開了。

「我坐後面喔。」林宇文說，簡安淇越過曾惜看了他一眼，沒有回答他，就把他晾在旁邊。

「等等再說吧。」簡安淇對曾惜說，然後就轉過頭去看著車窗外，或許是因為剛剛的話被打斷而不開心。

曾惜擔憂地看著簡安淇的後腦，又轉回來看著正在滑手機、看起來完全不在乎的林宇文。

林宇文從手機中抬起頭，對上她的視線，亮出他的手機螢幕。

手機螢幕上，亮著幾個字，顯然是林宇文剛剛打的，「沒事啦，放心。」

就這五個字，曾惜也不知為何，真的放下心了。可能是因為，她深信他們兩個那份對彼此的羈絆。

季以傑此時也上車了，他坐在簡安淇前面，回過頭來瞪了一眼坐在曾惜旁邊的林宇文。

林宇文挑釁般的露出「你奈我何」的樣子，曾惜此時正低頭看著手機上的新聞、簡安淇則不知道什麼時候開始閉目養神，兩人都沒有發現。

「年輕人，東西給我，我拿去放後車廂啦，你們先上車。」此時外頭傳來了司機先生的聲音，看來似乎是有其他客人來了。

「謝謝司機。」一個年輕甜美的女聲說道。

季以傑身旁的門突然被打開，因為車窗上貼著的隔熱紙，外面看不進來，「對不起，我不知道這邊有人。我從另一邊上車。」

開門的人是一個留著空氣瀏海和及肩短髮的女生。聽見她的聲音，曾惜猛地顫了一下，隨後緩緩抬起頭，在看見打開副駕駛座車門的另一個男生的時候，整個人都開始發抖。

坐在她身旁的林宇文察覺到她的不對，小聲地問：「曾惜，怎麼了？妳還好嗎？」

曾惜轉過頭去看著林宇文，快要哭出來的表情讓他也手足無措了起來，「沒事、沒事，妳怎麼了？要不要下車？」

坐在前方的季以傑聽見後方的動靜，偏過頭去，「怎麼了？」

而曾惜只是一直不停的搖頭，把臉埋在雙手之間，無聲地掉著眼淚。

林宇文皺起眉頭，溫柔的拍拍她的背，在她耳邊輕柔的低聲說：「放心，我們都在。」

季以傑雖然覺得困惑，但礙於現在有外人在車上，他也不方便說什麼。

一路上曾惜都把臉埋在林宇文的肩膀上，季以傑那是越看越想宰了林宇文，只不過他現在更在意的是，曾惜到底怎麼了？

該不會是剛剛上車那兩人？

季以傑側著頭偷偷觀察著坐在他旁邊的女孩，女孩有著兩顆虎牙，笑起來的時候眼睛會彎彎的，雖然稱不上絕世美女，但肯定是好看的。

女孩和坐在副駕駛座的男孩似乎是情侶關係，女孩趴在前座的椅背上，時而捏捏男孩的耳朵、時而揉亂他的頭髮。男孩也不反抗，只是寵溺的看著她笑。

在那兩人的眼中，他們的世界彷彿只有彼此。

這種奇怪的氣氛一直到抵達飯店後才有了改變，車子一停下來，女孩就迫不及待的打開門，跳了下去。她打開副駕駛座的門，親了男孩一下，然後兩人手牽著手的下車，領了行李頭也不回的進飯店去了。

簡安淇在停下車時就已經醒過來，她看著曾惜，不知道自己錯過了什麼，和林宇文對上眼時對方又用眼神要她先別說話。

等兩人走遠，曾惜才用顫抖的聲音問：「他們走了嗎？」

「走了。」林宇文看了一眼窗外，答。

曾惜這才抬起頭來。

「妳要不要先下車透透氣？」見曾惜雖然從林宇文肩膀上抬起頭，還是愣愣地坐在原位，簡安淇皺起好看的眉，語帶擔心的說。

曾惜點點頭，簡安淇開了車門，小心翼翼地扶著她下車。

季以傑此時已經站在車外，他盯著離去的那兩人，不覺得他們兩個有什麼奇怪的地方，怎麼看都是一對普通的情侶啊？

「小姐，妳暈車了喔，有要緊嗎？」司機先生一邊把他們的行李搬下車，一邊關心看起來臉色很糟的曾惜，「下次齁，會暈車的話就坐副駕駛座，會比較好。」

曾惜對司機扯出一個勉強的微笑，「我知道了，等等休息一下就好了，謝謝。」

簡安淇看了季以傑一眼，想問他是不是知道發生什麼事了，但對方給她的反應也是一頭霧水。

「安淇，妳先帶曾惜去房間休息吧。」林宇文說，在他的認知裡，曾惜是一個還算得上冷靜的人，剛剛她的反應真的嚇到他了。

等簡安淇和曾惜走遠，林宇文和季以傑才從司機先生那裡接過行李。

「謝謝。」

「不客氣。是說，年輕人啊，你們是不是認識剛剛另外那兩位客人啊？」司機先生說。

聽見他的話，林宇文挑起眉頭，想知道司機先生的推論是哪裡得到的，「怎麼說呀？」

「剛剛我在開車的時候，我看坐在我旁邊的那個少年仔一直從後照鏡看後面中間那個女生。我本來以為他是在看他女朋友，但仔細一看，我才發現不是。所以你們不認識嗎？那，年輕人啊，你就要好好保護你女朋友欸。現在奇怪的男生吼，真的很多欸，明明自己有女朋友了，還愛偷看別人家。」司機先生一邊碎碎念，一邊拍拍林宇文的肩膀，顯然是誤會了什麼。

看到季以傑一臉鐵青，林宇文忍不住笑了出來，很是故意的說：「哈哈哈，好我會的，司機大哥，謝謝。」

從大廳走到房間的路上，季以傑都沒有開口講話，林宇文以為他真的生氣了，推了他一下，「欸，生氣囉？」

季以傑睨他一眼，「我要氣什麼？」

「氣我剛剛啊。」他再次忍不住噗哧笑了出來。

「想被打？」

林宇文連忙搖搖頭，和氣生財、和氣生財啊。

「是說，曾惜剛剛到底怎麼了？」

「這我比你更想知道。」

進房後，簡安淇將曾惜扶到床上坐下，她的手到現在還在抖，簡安淇坐在她旁邊，握著曾惜的手，她卻不知道自己能幫上什麼。

「妳……還好嗎？」她小心翼翼地開口，而曾惜什麼也沒說，只幾不可見的點了點頭。

「呃，那……妳怎麼了？」簡安淇看著她。

曾惜被她盯著，但什麼也沒說。

心知她不想說，至少現在還不想，簡安淇也就不強迫她，拍拍她的手告訴曾惜她都在，然後就關上門出去，給她一點獨處的時間。

聽見簡安淇關上房門的聲音，曾惜嘆了口氣，倒在床上。

她在腦內預想過無數次他們重逢時的景象、演練過無數次她該說的台詞，卻沒想到這一刻來得如此突然，原先的準備在她的腦袋裡只有空白，這些日子過去，她沒有長大，還是沒有能力反抗，還是只能逃。

甚至連逃跑都沒有力氣，只能無力的哭著。

原來再次看見他們的臉，都像是用力撕開已經結痂的傷口，她、他們，傷她那麼深，她要怎麼忘記？要怎麼原諒？要怎麼祝福？

曾惜無法分析出自己這種快要窒息的情緒是源自於什麼，她只知道，她還是被困在回憶裡。看不到雖然就不會想，但是她不能逃一輩子啊……

簡安淇關上房門時，正好見到剛從電梯出來的林宇文和季以傑。

「她怎麼樣了？」季以傑問，簡安淇聳肩，「我讓她自己在房裡靜靜。」

不想打擾曾惜的簡安淇坐在林宇文他們的房間裡，手抱著小腿、下巴抵著膝蓋，很認真的思考著。

她總覺得那對男女很面熟，雖然她醒來後只來得及看他們幾眼，但她肯定，這兩個人她絕對見過。

只是不知道是何時、何地。

「妳剛剛有問她什麼嗎？」林宇文邊燒開水邊說。

簡安淇再次嘆了一口氣，「我問她怎麼了，她看起來似乎不太想說。呃，也有可能是不太想跟我說啦。」

「我相信曾惜不會故意要隱瞞我們的，只是她還沒想好該怎麼說吧。」林宇文說，把燒開的水加到放有茶包的杯子裡。

季以傑沉默地坐在一旁，他希望曾惜可以把心事告訴他，但又不知道該怎麼讓她知道這個心思。

「別煩惱了，曾惜會自己康復的，我們要相信她啊。相信她知道我們都在的。」喝了口茶，林宇文說，季以傑有時候會懷疑他那種看起來從容得過份的樣子到底是冷靜還是根本就不在意。

「安淇，妳出去買點吃的回來吧。」

「你自己去不會喔？」簡安淇對他翻了個白眼。

林宇文點點頭，「那我們一起去吧。」

「我不要去啦，你很奇怪欸。」

「安淇，出去走走會比較好。」林宇文說，口氣不容反駁。

簡安淇扁嘴，哼哼兩聲就跟著林宇文出去了。

過了幾分鐘，季以傑才站起來，他原本只是想也泡個茶，看看能不能緩和一下心情，卻在看見簡安淇丟在床上忘記帶出門的房卡時改變了主意。

Chapter 2 再現青春的猖狂

季以傑抓起了簡安淇的房卡，關上自己房間的門，走到隔壁去開了另外一扇門。

曾惜閉著眼睛躺在床上，看起來像是睡著了，其實只是怕簡安淇又開口問她剛剛的事，所以乾脆假裝睡著。

她不知道該不該說，不知道她知道這件事之後會不會選擇相信自己。所以她不想說，她害怕，害怕僅剩的這些朋友，也會一樣離她而去。

季以傑走到床邊，看到她臉上的淚痕，忍不住伸出手想幫她擦乾淨。如果可以，他再也不想看見那些東西出現在她臉上。

從臉上的觸感還有他身上的味道，曾惜知道，現在坐在床旁邊的人是季以傑。

比起簡安淇，曾惜更害怕，那些事情要是被他知道了，他會怎麼想？

「雖然我不知道妳剛剛怎麼了，也不知道那些曾經發生在妳身上的故事，但是我會一直在妳身邊，保護妳，還有相信妳……不只是我，簡安淇他們也是。可以的話，多依賴我們一點啊。」以為曾惜睡著的季以傑低聲地說，曾惜一個沒忍住，哭了出來。

他剛剛是說，會相信她嗎？

「妳醒著？」發現曾惜醒著的季以傑抖了一下，這才意識到：天啊，他居然對曾惜說出這樣的話……還被她給聽見了……

她坐了起來，一邊哭一邊點頭，季以傑看見她這個樣子，心狠狠的揪了一下，顧不得自己說的話被聽見，馬上坐到曾惜旁邊，將那顫抖的、小小的人攬進懷抱中。

「好啦，不要哭了。沒事的、沒事。」他說，拍拍她的背。

他不想強迫她說，但也不想一無所知。

是不是每個人在哭的時候，聽到「不要哭」都會哭得更厲害？

季以傑不知道，但他肯定他懷裡那個人是。

曾惜一直哭，緊緊抱住他，把臉埋在季以傑胸口。

哭了一陣子，曾惜這才冷靜下來，她在想，這些事情，她都可以告訴季以傑嗎？

萬一、萬一，季以傑不相信她怎麼辦？她沒有勇氣去冒這個險。

「妳不想說也無所謂。反正我都會一直站在妳這邊的，妳要相信我啊。」季以傑將下巴靠在她的頭頂。一方面因為看不見曾惜的臉，他才敢說這種話，一方面也是他真的豁出去了。

「我不是不想說。」曾惜這才開口，「只是，我不知道、我不知道你會不會相信我，相信我，我真的沒有那個意思……」

「我會相信妳。」他答，沒有遲疑，他絕對相信，曾惜是那個善良得讓他想保護的女孩。

曾惜抬起頭來看著他，想確認他的眼裡是否有任何一絲虛假的情緒。

沒有。

毫無保留的，他相信。

說他盲目也好、愚蠢也好，只要她不要再哭，他都無所謂。

「在我轉學到鄉下以前……」

※※※

「曾惜！」後方的叫聲使我停下腳步，不用回頭，我就知道這個聲音是誰的。

他快速跑到我身邊，我看著他跑步的樣子，忍不住笑了出來，「幹嘛，這麼急？」

「我有好消息要跟妳說啊！」男孩在我眼前站定，他比我高出一個頭，我得微微抬頭才能跟他四目相交。

「嗯……讓我猜，你國文補考終於過了？」我笑說，伸手捏了捏他的鼻子。

他是周冠綸，我的男朋友，號稱十科全能唯獨國文不好，游泳校隊隊長，也算是大家口中所說的校園風雲人物。

「嘖，國文老師才不可能這麼簡單就放過我咧。」周冠綸拉開我的手，彎下腰與我平視，「我要代表學校去美國受訓還有比賽！」

聽見這消息的我興奮得差點尖叫出聲，我雙手攬住他的脖子，他則順勢把我抱了起來。

幸好是上課時間，走廊上的學生都已經進教室去了，我們這動作才沒有引起旁人的側目。

「下禮拜出發，去一個月。」

「下禮拜？」雖然他要出國比賽我是很替他開心沒錯，但是……

一想到要跟他分開一個月，我就開始想念他了。而且還是下禮拜就要出發……

周冠綸看穿我的思緒，拿他的額頭碰我的，撒嬌一般地說：「哎唷，四個禮拜、二十八天、六百七十二個小時、四萬零三百二十分鐘、兩百四十一萬九千兩百秒，妳只要從一數到兩百四十一萬九千兩百秒，我就回來啦！這樣有沒有感覺快多了？」

「最好是這樣就會變快。」我沒好氣地拍了一下他的胸口，「好啦，我會乖乖等你回來。」

他把我放下，牽著我的手往教室走去。

說起來，我們兩個之所以會認識，也是還滿奇妙的。

我們兩個不同班。在學校，他是游泳校隊隊長、而我是田徑隊隊長，這明明是兩個八竿子打不著的運動啊……

那時候正好是高二剛開學，全國高中聯合運動會盛大舉辦的時刻，教練帶著我和隊員到了會場參加田徑比賽，田徑比賽的時間是上午，教練告訴我們，比完後我們就可以四處看看其他比賽。

我對於其他比賽沒有特別有興趣，但大家似乎都對游泳比賽興致勃勃，因為游泳比賽的場地比較涼，所以我也就跟著他們一起去了。

「周冠綸會來比賽耶！」

「真的假的，他超帥的！」

走在我旁邊的兩個隊員興奮的說，我看了她們一眼，「誰啊？」丟出這個問題。

沒想到那兩人一副見到鬼的樣子，用誇張的手勢和表情說：「隊長！拜託，妳不知道周冠綸？妳是不是我們學校的啊！」

「對啦對啦其實我是別的學校派來的臥底，怎樣？」我對她們做鬼臉，沒好氣。

「周冠綸是游泳隊隊長啊，別的不說，光是游泳可是全國高中生排名第一，加上他還是校排常勝軍，會念書又會運動還長得帥，重點是又單身，這種人哪裡找啊！」

對於那個重點我無言了一陣，「好……」最後只能擠出這個字。

因為是中午時分的關係，我們到的時候場邊還沒有觀眾，只有選手站在一旁查看場地及確認參賽名單。

我看見學校的游泳隊教練正在和一個男孩說話，男孩有著一張好看精緻的臉，他皺著眉頭，感覺很是苦惱。我猜，她大概就是她們口中的周冠綸。

此時教練大概是注意到我們這些唯一在場邊的人，往我們這裡走了過來。

「妳們是田徑隊的？」他說，看了一眼我們身上的隊服。

「對。」我說。

教練將視線轉到我身上，「同學，妳是隊長吧？妳會游泳嗎？能不能請妳幫我個忙？」

「我？」我是能幫什麼忙？

「啊，隊長，快去快去啦！」

「對啊，大好機會。」
隊員們在旁邊你一言我一句地說著，好像只有我一個人搞不清楚狀況。
在大家的起鬨下，我雖然丈二金剛摸不著頭腦，還是半推半就地答應教練跟他到選手休息室去……
「事情是這樣的……」教練推開休息室的門，我和游泳校隊的隊長——傳說中的周冠綸——也跟在他後面也一起進去。
一進入休息室，我就看見一個女孩抱著肚子，看起來很痛苦地躺在椅子上。
「我們的隊員突然生理期來，但她是四式男女混合接力的一員，一時之間我們也找不到女生頂替這個位置，不知道妳能不能幫我們這個忙？」教練說道，看了一眼周冠綸。
似乎是接收到教練的視線，周冠綸連忙開口，「是啊，妳能不能幫我們這個忙？」
「不、不是啊！雖然我會游泳，但這麼大的比賽我沒辦法啦！」而且萬一輸了，我良心會過意不去，你們也會後悔莫及的！
教練一臉認真的看著我，「同學，運動細胞都是一樣的。我相信妳！」
教練，我很感謝你相信我，但是我不相信我自己啊……
周冠綸拍拍我的肩膀，我轉頭看著他，他用小狗般乞求的眼神盯著我，「拜託，妳是我們唯一的希望。」
騎虎難下，我硬著頭皮，最後還是點頭答應了。絕對不是拜倒在周冠綸的石榴裙下……

換上教練準備好的泳衣跟泳帽，我站在泳池邊，此時下面已經坐滿了人、旁邊也站滿了選手，我看著我的隊員，用眼神懇求她們，希望她們有人自願代替我參賽……

沒想到那群損友，只是興奮的大叫：「隊長加油！」

我心已死。

周冠綸站在我旁邊，我注意到他一直在看我，我瞪他一眼，「看屁看啊。」

就是你這傢伙，你也是共犯啊！

「哈哈哈，抱歉抱歉，只是妳的表情真的很有戲，妳的內心戲是不是很多啊？」他說，嘴角的笑意想克制卻又忍不住。

我無奈，不想跟他分享我的「內心戲」，「沒有，我只是很怕。」

「不要怕啦，妳就游，如果比別人慢也沒關係，我會追回來的！」他笑，我被他的笑吸引住，呆呆的看著他。

他伸出手來捏我的臉頰，「加油啊！隊長！」拋下這句話，他就站到後面的選手預備區去拉筋了。

最後我們拿到了第二名，雖然不能奪冠有點遺憾，但也還算是個特別的經驗。

我也因此，認識了他。

「在想什麼啊？」坐在我前面的女孩轉了過來，她是學生會會長，漂亮的臉蛋、剛剛好的身材，讓她高一下學期一轉進我們學校就成為風雲人物之一，高二時還當上學生會會長。

「冠綸說他要去美國一個月……」

聽見我這麼說，她整個人轉了過來，一副很有興趣的樣子。

「去幹嘛？去玩喔？」

「沒有啦。」我一手撐著下巴，一手在桌上煩躁的敲打桌面，「去比賽。」

她點了點頭，感覺像是在思考著什麼，「欸那，什麼時候出發啊？」

「下禮拜。」抬頭看著她，我想要是今天事情發生在她身上，她肯定會請一個月的假一起飛去美國。

因為葉宸萱就是這樣的人啊，自信、從容、我行我素，卻又在一舉一動之間吸引所有人的目光。

「曾惜，別擔心啦。」葉宸萱丟出一個微笑，「我勸妳好好把握跟他相處的時間。」

我點點頭，只是，那時候我還聽不出來，葉宸萱話中的意思……

一個禮拜的時間很快就過去了，周冠綸的飛機是凌晨的，那天下午他跑來我家樓下找我。

「我要走了喔。」他說，臉上的笑容淺淺的。

我沒有回話，只是緊緊地抱著他，把臉埋在他的胸口，想好好記住他的味道。

「哎唷，妳不要這樣啦，又不是再也不見。」我聽見他無奈的笑聲，「我不在的時候妳就乖乖的，不要到處跑，等我回來，看妳想去哪，我們再一起去。」

「好。」我說，放開了他。

也許是因為我們都還太年輕，整整一個月對那時候的我們來說，就像是半個人生。

周冠綸離開的前幾天，我一直找事情做來轉移注意力，我想，我之所以會如此想念他，可能就是因為我實在是太無聊了。

我們習慣每天晚上睡前都講電話，但是他人在美國，網路不方便，又常常在訓練狀態，手機無法開機，我也聯絡不上他。

我覺得生活好像硬生生的被挖走了一塊，少了點什麼，有點涼涼的。

到第五天時，我決定去他平常練習的游泳池走走。

我坐在池邊，將腳泡在最外側無人使用的水道，看著下面正在練習的學弟妹。不知道是從什麼時候開始，只要看見游泳池，我就覺得周冠綸肯定會出現在這裡。

「在想什麼啊？」葉宸萱不知何時出現在我旁邊，她模仿我的動作，也跟著坐下。

「沒有啊，發呆。」我說。

葉宸萱沉默了好一會兒，我原本以為她不打算再說些什麼了，直到她再次開口，「其實我一直很好奇，妳當初是怎麼跟周冠綸在一起的啊？」

我回想著那時候，嘴角忍不住漾起笑意。

「就是他們教練覺得我很適合比游泳，所以一直要挖角我到游泳校隊去。」

「那妳怎麼不去？」

「我有田徑隊啊。」我說，「後來教練說，我沒練田徑的時候都可以來游泳隊這裡練習，有時候教練不在，周冠綸就會教我……」

「教著教著就在一起了是吧？」她對我挑眉。

我笑著點點頭，其實我也不知道，為什麼周冠綸會選擇我。

我不是最漂亮的、也不是最聰明的、個性也不是最好的，我跟他、跟葉宸萱不一樣，我不是那種在人群中會一眼就被發現的人。

簡單來說，我很普通。

「別想那麼多啦，只不過是分開一個月嘛。」葉宸萱手撐著兩側準備起身，卻不知道發生什麼事，她用力地撞了我一下，我一個重心不穩，整個人跌進泳池。

「啊！對不起！曾惜妳還好嗎？我拉妳起來！」葉宸萱匆匆忙忙地想拉起我，旁邊的學弟妹聽見騷動也游了過來，在大家的幫助下，我好不容易拖著吸飽水的衣服從泳池裡爬上來。

葉宸萱拿了條大毛巾給我，還從休息室拿來了吹風機幫我把全身吹乾。

「曾惜……對不起啦，我不是故意的。」她站在我後面，幫我吹著頭髮。

我擺擺手，「沒事啦。」

「呃，是說，曾惜妳的手機……」

她這麼一說，我才想到，我剛剛將手機放在口袋，那手機一定也跟著掉進去了！

我連忙將手機從口袋掏出來，螢幕上的一片黑讓我的心都涼了一半。按了幾次開機按鈕，手機都沒有反應，這下好了……

「對不起，我、我再賠給妳一支……」

葉宸萱再次道歉，我搖搖頭，「不用了，沒關係。」

手機本身是其次，其實這幾天，我一直在等周冠綸打給我，但無論我怎麼等，手機螢幕就是都沒有顯示他的來電。

也許是找不到網路、也許是在忙、也許他手機在美國壞掉……

可是現在都不重要了，因為他也沒辦法聯絡我了。

我站了起身，葉宸萱被我嚇了一跳，手上的吹風機差點掉到地上，「怎、怎麼了？曾惜妳要去哪？妳全身都還濕搭搭的……」

「沒關係，我先走了，明天見。」我說，然後頭也不回的離去。

我相信她不是故意的，可是……

※※※

隔天我中午才到學校，一進校門，我就察覺到了。有種詭異的氣氛籠罩著校園，總覺得和我擦肩的人都會特別看我一眼。

那種眼神並不友善，但我不知道自己做了什麼。

空氣似乎在凝結的邊緣，難以呼吸，四周特別的安靜。

這種氣氛直到我打開教室的門，被推到最高點。

在我打開門的瞬間，所有人動作一致地停下手邊的動作看向我，有的人甚至小聲地和朋友耳語。
我搞不清楚狀況，看向我的座位，想問問葉宸萱這是怎麼回事，卻發現我前面的位置是空的。她的書包在座位上，人卻不知道去哪裡了。
我放下書包，默默的坐下打算先拿出課本，等她回來再問個清楚。
這時候，碰的一聲，我的桌子被兩個女生給翻倒。
「你們幹什麼？」我問，瞪著她們。
「妳做了什麼自己知道啦！傳那什麼簡訊給宸萱啊？妳以為妳是誰！跟周冠綸在一起很了不起嗎？全世界都想搶妳男朋友是嗎？搞清楚，可不是每個女人都跟妳一樣隨便！」
其中一人衝著我吼，我被吼得一愣一愣，完全搞不清楚狀況。
「什麼簡訊？妳在說什麼？」
「妳還在裝啊？葉宸萱都截圖給大家看了，妳還有什麼話好說。」她對我秀出手機螢幕，我拿了過來，是我跟葉宸萱的聊天視窗。
曾惜：「我告訴妳，妳要是再敢勾引我家冠綸，我一定讓妳好看。」
葉宸萱：「我沒有呀。曾惜，妳怎麼會這樣想……不要這樣想好不好？」
曾惜：「妳這個婊子，我都看見了，妳在游泳池那裡跟他兩個人在幹嘛。」
葉宸萱：「我只是轉達主任要我告訴他的事情啊……」

葉宸萱：「如果曾惜妳很介意的話，我跟妳道歉，對不起。」

我懶得繼續往下拉，下面充滿了不堪入目的髒話和謾罵，還有葉宸萱無止盡的道歉。我發誓我絕對沒對她說過這些話，只是我真的不知道，這些截圖是哪裡生出來的。

「我沒有、這不是我……」我一直搖頭，而他們顯然不相信。

「證據啊，證明妳沒有。」

我下意識想拿出手機，卻突然想到，我的手機昨天在被葉宸萱推進泳池裡的時候報銷了。

我沒辦法證明。

「沒辦法證明？那妳憑什麼要我們相信妳！」

是啊，我怎麼讓他們相信我。

葉宸萱，為什麼要這樣做？

一直到放學，葉宸萱都沒有回教室，我坐在座位上，等大家都離開教室，我還在等。

她的書包在這裡，那她一定會回來這裡。

等著等著，就在我快要睡著時，教室的門突然被人給推開。

我被嚇了一跳，睡意全消，推開門的那人顯然也對我還在這裡感到意外，不過很快的，她就恢復那個從容地樣子。

「妳為什麼要這樣做？告訴我！」我問，盯著葉宸萱，她給了我一個詭異的微笑，然後朝我走近，最後站定在我的桌前。

「曾惜，我不知道為什麼妳要對我生氣……我知道妳、我知道妳跟周冠綸感情很好，但我真的沒有想要破壞你們的意思啊……」說著說著，葉宸萱竟然開始哽咽，還發出吸鼻水的聲音，「我把妳當成最好的朋友，可是妳卻……」她的話沒有說完就背起書包，頭也不回的離去。

幾天後網路上流傳著一段錄音，是那天放學後我和葉宸萱在教室裡的對話，我這才明白，原來那時候她所表現出來的一切，都是在演戲。

而我原本以為，事情會一天一天的好轉，但沒有。

事情反而越演越烈。

每天早上到學校，椅子不見、桌子被翻倒、課本被丟到垃圾桶都是家常便飯。

我試著要和葉宸萱說話，但她完全把我當成隱形人，無論我說什麼、做什麼，她都不會看我一眼。她沒有開口罵過我，卻用大家的手，準備置我於死地。

事情一直到某天，我去上廁所時，不知道為什麼，當我要開門時，廁所的門居然被拉住。

有人故意不讓我出去。

「開門。」我說，對這些日子以來大家的霸凌行動感到疲憊。

「妳叫我開門我就開門啊？」外頭傳來許多人的笑聲，我無助的蹲下身，「拜託……」我小聲地說，但顯然沒有人聽見，或許說是不想聽見。外頭的人很快地倒了一桶水進來，我無處閃躲，只能乖乖被淋成落湯雞。

「幫妳淋冷水，看妳會不會清醒一點！」她們猖狂地笑著，我卻無法反擊。

「欸，誰會穿著衣服洗澡啊？」此時，有人這麼說，我不由得開始發抖，她們想幹嘛……

廁間的門被拉開，一群女孩圍在旁邊，有的一臉看好戲、有的一臉不屑。

「幫她脫衣服啊！」有人這麼喊，我拼命地搖頭，「拜託、拜託不要……」

我拉著衣服，不讓她們脫下，但我只有一個人，根本寡不敵眾，過沒幾分鐘，我已經衣著散亂地跪在廁所的地上。

「婊子是妳才對吧？妳要不要照照鏡子看看現在的自己是什麼樣子？」我感覺到有人踩了我的背一下，我重心不穩，整個人趴到地上。

後來我就暈倒了，發生些什麼我不知道……也許不要知道比較好，那時候我唯一的念頭，就是，要是周冠綸在，那就好了……

可惜，不管我怎麼叫他，他都沒有出現。

那次之後，我再也沒去過學校，我每天都躲在房間裡，倒數著他回來的日子。

一直到他回國的前三天，我拿到了新手機，一開機，就接到了一封簡訊。

葉宸萱：想知道這些事情是為什麼，禮拜三放學到學校頂樓。

我看了一眼電腦螢幕，今天就是禮拜三，我沒有多想，穿上制服就往學校去。

比起害怕，我更想知道的是，為什麼葉宸萱會這樣對我。

我到學校時，已經是放學時間，我沒時間注意周遭和我擦肩的那些人的眼神，我只想知道，我做錯了什麼。

推開頂樓的門，我看見葉宸萱已經站在那裡滑手機，臉上還掛著若有似無的笑意。

「葉宸萱。」我叫她，她抬起頭來，將手機放到了口袋。

「妳來啦？」她對我微笑，我看著她，一種不寒而慄的感覺在我全身上下蔓延開來。

她沒有朝我走過來，反而不斷退後，一直到只差一步就要掉下樓，她才停下。

「妳過來。」她說。我猶豫了一下，最後還是走向她。

我站在離她前方一步的距離，看著這張我曾經熟悉但現在卻如此陌生的面孔。

「我哪裡對不起妳了？」我問她，沒有哭，這幾天來我已經哭到不能再流淚，被榨乾後、剩下的那些情緒：痛苦、難過、憤怒，一點一點地侵蝕著我。

「妳告訴我啊！」我抓住她的肩膀，對她大吼。

此時，頂樓的門突然又被打了開來，熟悉的聲音傳入我的耳裡。

「妳在幹嘛！」

幾乎就在同一個瞬間，葉宸萱反手抓住了我，大哭著，「曾惜，妳不要推我下去，對不起……」

不知道為什麼出現在這裡的周冠綸衝了過來，一手捏住我的肩膀將我往後拉，我一個重心不穩跌坐在地上，葉宸萱則一個踉蹌，跌進周冠綸懷裡。

「曾惜，妳知道妳剛剛在做什麼嗎？妳到底怎麼了？」周冠綸朝我大吼，眼睛睜得老大，不敢相信我會做出這樣的事。

「冠綸，我……我不是……你誤會了……」我想解釋，但卻不知道該從何解釋。要從幾個禮拜以前開始說嗎？

「我好害怕……」葉宸萱聲音含糊地說，周冠綸被她吸引了注意力，連聲安撫她：「好了、沒事了，我帶妳去保健室。」

他扶著她，就這樣走了。

我知道，他對我失望了，即便我什麼也沒做。

接下來他會聽見流傳在校園裡的那些憑空捏造的八卦，還有音檔、截圖。

到時候，我又要如何洗清？

一種深深的無力感包圍我，我看著天空，心裡有了乾脆跳下去就解脫了的念頭，但我又想到，萬一周冠綸跟他們不一樣呢？萬一他選擇相信我呢？

當天晚上，我撥了通電話給他。電話那頭的他的聲音聽起來很不耐煩，他從來不會這樣的。我約了他在附近的公園見面，他沉默了一會兒，還是答應了。

當我抵達公園時，他已經坐在公園的涼椅上滑手機。

「冠綸……」我喚他，他將注意力移到我身上，今天的他看起來很疲憊。

「我不知道才一個月的時間，妳怎麼會變成這樣。」他說。
「我沒有變啊。」我回答，直視他的雙眼，想告訴他我說的都是實話。
周冠綸一聽，笑了出來，那是嘲諷地笑，不知道是在嘲諷我、還是他自己。
「是嗎？」他漠然的說，「網路上那些音檔、截圖，還有那些不堪入目的照片是什麼？不是妳嗎？」
「什麼照片？」
他將手機遞給我，「裝傻？好、那妳現在就看清楚。看清楚照片裡面的妳是怎樣的。」
我滑著他的手機，雙手不停顫抖。
照片是在學校的廁所被拍下的，那時候的我已經沒有意識，她們將我放在地板上，供其他同學與我合照。
我就像個人形看板，沒有靈魂也沒有思緒，和我合照的同學有男有女，有的對我做出不雅的動作，有的伸手觸摸我。
明明照片中的我雙眼緊閉，不知道為什麼，在掌鏡的人的拍攝下，我的表情竟然看起來十分享受。
「我……」我不知道，此時要說些什麼，我或許能夠理解周冠綸的心情，自己的女朋友拍了一堆這種照片還被放上網路……誰能承受？
他深呼吸，「曾惜。」

我看著他，已經能猜到他接下來要說的話。

「我們分手吧。」

我沒有掙扎，此時我也猜想，也許這是葉宸萱一直以來、所有行動的最終目的，包含跟我成為朋友。

從她對周冠綸不尋常的關切，我就應該發現了。

最後我問了他，為什麼一回來沒有第一個聯絡我。

他說，他原本想給我驚喜，跟葉宸萱聯絡之後她告訴他我們在頂樓，所以他才上去的。

我不由得佩服起葉宸萱一切太過周詳的計畫，就算我是個受害者。

那天回家後，難得出現在家的爸爸坐在客廳喝著紅酒，見到我進門時，叫住了我。

「小惜啊，爸爸接下來半年都要在國外工作，妳去鄉下的奶奶家住好嗎？去那裡住，有個人照顧妳，我也比較放心。至於學校的部分……妳覺得……轉學去鄉下，好不好啊？」爸爸戰戰兢兢的抬眼看了我一下，像是早就覺得我不會答應，而他也已經做好長期抗戰的準備。

但我卻讓他意外了，「好。」我聽見自己爽快地說。

我就這樣轉學了，離開了那裡，他們後來怎樣，我也不想知道了……

※※※

「所以……剛剛那兩個人就是……」季以傑小心翼翼地開口。以前發生在曾惜的事讓他憤怒，他卻無法為她做出一些什麼。他心疼懷裡的人，她是那麼善良的人，不該遭受這種對待。他沒辦法改變過去，沒辦法在她被欺負的那時候保護她，也感覺得出來她因此對世界抱持著的恐懼，原先活潑外向的她現在感覺說任何一句話都小心翼翼。

但他希望，從今以後，她都不要再流淚。

「嗯。」曾惜猶豫了一下，才輕輕點頭，「是周冠綸跟葉宸萱。」

「妳會想讓簡安淇知道嗎？」

「會。」她回答得很快，隨後又說，「但是，我怕、我怕她也不相信我……」

季以傑已經開始後悔沒有在車上就先揍他旁邊的那個女生一拳。

他回想著剛剛在車上時，總覺得那個女生一直若有似無的在偷瞄後座，說不定葉宸萱就是發現曾惜坐在後座，才在她面前故意和前座的周冠綸卿卿我我。他們兩個光是出現在曾惜面前，對曾惜來說就是一個噩夢，一個狠狠把她已經結痂的傷口掀起來的噩夢。季以傑想不透，明明她的目的已經達成了，為什麼還要持續傷害一個無辜的人。

他不知道此刻該說些什麼來安慰她，她經歷過的那些日子有多難熬，季以傑沒辦法想像、也不敢想像，只要想像，他就覺得無法呼吸。

「沒事了，都過去了。」一邊說，他將曾惜摟得更緊一點，好像這樣子，她的疼痛就會少一點。

「我都在，我們都在。」在曾惜意識朦朧之間，她聽見季以傑這樣告訴她。

大概是哭累了再加上從季以傑那裡得到了安全感，曾惜不出幾分鐘就沉沉的睡去。

輕輕地將她放在床上，季以傑躡手躡腳地出了房間。

他覺得今天發生的事以及他說出口的那些話都很不像是會發生在他人生裡的場景。

他想起之前，曾惜曾經說過的那些話。一個這麼努力想給他溫暖的人，背後怎麼會有那麼怵目驚心的傷疤。

季以傑回到自己的房間，一開門，迎接他的就是一股安靜得可怕的氣氛。

「你去我們房間幹嘛？」簡安淇喝著手裡的啤酒，瞪他。

沒有回答，季以傑逕自在床上坐下，煩躁的搔著頭。

「你知道什麼了吧？」林宇文說，一眼就看穿季以傑的思緒。

他已經很習慣林宇文這種神奇的察言觀色能力，「我不知道由我來跟你們說好不好，可是，若要她再重述一次，對她來說也不會是好事。」

「你就說吧。」簡安淇催促著，「大不了不要讓她知道你跟我們說了，反正她感覺也沒有很想告訴我們。」

季以傑看著她，明白她話裡的意思，她很在意曾惜不是第一個把這件事告訴她。

「她不是不想告訴妳。」他說，語氣很堅定，「她只是……怕妳不相信她。」

「我相信她。」她答，語氣更加堅定。

季以傑嘆了口氣，把曾惜剛剛所說的完整地轉述了一遍，聽完季以傑的說明，簡安淇已經激動得站起身，將手上的鋁罐捏到完全變形，沒喝完的酒都給灑了出來，她不敢相信，那些人以前竟敢這樣對待她的朋友。

「所以……那個葉宸萱只是為了搶曾惜的前男友？」林宇文摸著下巴，思考著。

「聽起來應該是吧。」季以傑聳肩，那個女的腦袋裡在想什麼，說真的他完全無法理解。

「婊子配狗天長地久。」簡安淇說，用鼻子用力吐了一口氣，而後突然機皺起眉頭，問：「欸，季以傑。你剛剛說……那個男生叫什麼名字？」

「周冠綸吧。」

林宇文觀察著簡安淇的神情，看她那個樣子，肯定是想起了什麼，「怎麼，妳認識？」

簡安淇自己又想了想，然後搖搖頭……

沒有告訴他，這個周冠綸其實是她的國中同學……

稍晚，簡安淇回到自己的房裡，她推開門，曾惜已經起床了。

她雙手抱膝坐在床邊發呆，見到簡安淇進來，曾惜小小聲地喚了她的名字。

簡安淇面無表情地看了她一眼，然後衝到床邊，緊緊的將她抱緊。

「妳真的是……很蠢！我怎麼可能不相信妳啊！」說著說著，簡安淇自己也哭了，她捨不得，如果可以的話，她絕對會替她出一口氣。

明明他們家曾惜就那麼無害、那麼善良，為什麼要這樣對付她……

「安淇，妳不要哭啦。」見到簡安淇在哭，曾惜手忙腳亂的打算安慰她，雖然她自己也在掉眼淚。

「妳以後，要是再敢因為這種破原因隱瞞我任何事情，我就跟妳絕交！」

「好啦……對不起嘛……」

曾惜此時不由得開始慶幸，自己能遇見這幾個朋友，唯一無條件相信她的朋友，何其幸運。有他們陪伴的未來，一定能抵抗過去的黑暗。

「對不起，都是我，壞了大家來看花火的興致。」冷靜之後，曾惜低著頭，邊吸鼻涕邊說，像極了做錯事的小孩。

簡安淇則笑了出來，「不會啊，反而讓這趟旅行更有意義了。」

曾惜困惑地看著她，而她只是笑著，沒有說其他的話。

大概凌晨一兩點時，簡安淇跟曾惜說她要下去大廳的酒吧喝兩杯，要她別等了，自己先去睡。

曾惜點點頭，她的酒量不好，可說是一碰酒精就醉，所以也沒有意願要跟去。

簡安淇自己下了樓，但沒走進酒吧，反而是在大廳靠近落地窗的地方坐下，看著外面。

外頭是室外游泳池，她盯著游泳池，果不其然，她在泳池旁看見了她要找的人。

鎖定目標之後，她走了出去。

夜晚的室外游泳池沒有其他遊客，她一接近，馬上引起了對方的注意。

對方盯著簡安淇，似乎是不明白為何這個女人一直朝他走近。

一直到簡安淇開口，他才拿下蛙鏡，皺著眉頭想認清來人。

「周冠綸，好久不見啊。」她朝他舉起手打招呼。

周冠綸偏過頭，像是在腦袋深處搜索著簡安淇的長相，過了幾秒，他驚呼：「簡安淇？好幾年沒見了，妳怎麼也會出現在這裡！」

簡安淇想，應該是因為她在車上時一直低著頭睡覺，周冠綸才沒發現坐在曾惜身邊的她。是說他們自從她轉學之後，也就再也沒見過了，對她印象變得微弱也是正常的。

「也？」抓住他的話，簡安淇反問：「難不成還有其他人？」

周冠綸眨了眨眼，其實他只要想到今天坐在後座的那個「其他人」，他就煩躁的睡不著覺。這也是為什麼他在這個時間出現在游泳池，游泳總是能讓他忘卻一切的煩惱。

但他什麼都沒打算告訴簡安淇，只是乾笑：「哈哈，沒有啦，就、一個……老朋友。」

「你好意思說她是你的老朋友啊？」簡安淇怒極反笑，這個沒用又無知的男人，也是害了她朋友的加害者。

「妳……」周冠綸顯然腦袋接不上線，愣了幾秒後反問：「妳認識曾惜？」

「我不只認識！她是我的好朋友！」簡安淇朝他吼，一步步往前逼近他，伸手用力地戳了他的肩膀，一下又一下，「都是因為你跟那個葉什麼東西的婊子，曾惜現在才會變成這樣！變得不再那麼相信人、變得有點畏畏縮縮、變得……變得都不像以前那個我不認識的她、在她的回憶裡那個活潑外向但一樣單純善良的她。你知道嗎？因為你、因為你現在的女朋友、因為你那些同學，她每天都在害怕，害怕被丟掉、害怕再一次，自己又到了一座孤島上。」

「妳是不是搞錯什麼了？」周冠綸皺起眉頭，一手抓著簡安淇的手，阻止她的動作，「是她無緣無故去謾罵宸萱，又想推她下樓，甚至、甚至拍了那些……我原本也是不敢相信，但證據擺在眼前，我能不相信嗎！」

「你還真是無知又愚蠢。」甩開他的手，簡安淇繼續說：「學霸又怎樣？還不是被一個女人騙得團團轉。好、我今天就跟你解釋，你手中的每一樣『證據』到底是怎麼來的。

「你說曾惜私底下傳訊息謾罵葉宸萱，那都是葉宸萱用兩支手機在自導自演！你問我曾惜為什麼不證明她沒有？事情發生的前一天，曾惜被葉宸萱推下泳池，手機壞掉，你要她拿什麼證明？

「你說她拍了很多不堪的照片，你怎麼不仔細看，怎麼沒有勇氣仔細看清楚，她到底是醒著還是昏迷！她被人家關在廁所霸凌，你不在場，沒辦法幫她就算了，回來還跟大家一起羞辱她……

「你說她要推葉宸萱下樓，我告訴你，把她找到頂樓的人是葉宸萱，叫你上頂樓的也是她！你怎麼不動動你他媽那顆聰明、高智商的腦袋瓜，想想這一切是不是葉宸萱那個婊子設的局！」

她連珠砲似的說了一堆，周冠綸雖然一臉不可置信，還是聽著她說完。

「可是說到底，妳也沒有證據吧。」他反問，說不定這一切，都是簡安淇自己幫曾惜想出來的一套說詞。

而簡安淇也不是省油的燈，她再次戳了他的肩窩一下，「去看看你寶貝女友的手機啊。看看她有沒有自己傳訊息給自己、看看她有沒有那些剪接過的音檔原檔、看看她有沒有把曾惜的那些照片存在手機裡啊？」雖然她不確定葉宸萱是不是會笨到給自己留下證據，但簡安淇當然知道，這時候自己在氣勢上絕對不能輸。

說完，她對他比了個中指，烙下一句：「你是我見過最沒用的男人！」就離開了泳池。

周冠綸看著她走回室內，自己坐在泳池邊，回想著那時的情況。

當時他一回國，第一個念頭就撥電話給曾惜，在美國的時候他沒有網路，為得是能夠專注在比賽和練習，他相信曾惜可以理解，所以也沒有特地跟別人借手機通知她，打算回國再說。

只是他才剛輸入她的電話號碼正要撥出時便念頭一轉，心想：提早三天回來曾惜也不知道，不如就，給她一個驚喜吧。

於是他撥了另一支手機號碼，電話那頭傳來溫軟粘膩的女聲，葉宸萱說，曾惜找她去頂樓，要他也直接上頂樓就好。

沒有多想，周冠綸對她說了聲好。

在從機場回家的路上，已經和生活圈分開許久的周冠綸打開網路，數以百計的訊息朝他奔湧而來。

他一個一個地看著，不看還好，越看，他越覺得自己是在做夢。

他的曾惜不是這樣的啊……

不敢相信他所看見的所有訊息，只是，隨著他點開了訊息越多，他就越不得不相信……

不得不相信，他必須推翻自己以前的認知。

後來，他提了分手，而她也爽快的答應了。

沒有挽留，也沒有多說什麼話。所以他也把曾惜的這個反應當作是默認一切。

然後她轉學了，他們再也沒有見過面。

那些日子，周冠綸一樣過得很痛苦。他被迫去相信，自己的女朋友就是大家口中不折不扣的賤貨，在他離開台灣後完全露出了本性。

曾惜是什麼樣的人，他難道不知道嗎？他很想相信一切都是假的，是大家在整他，但是事實擺在眼前，他拿什麼相信她？

是葉宸萱陪他度過那些日子的。大家說她是個受害者，可是在周冠倫面前，或是在大家面前，葉宸萱從來沒有開口說過曾惜任何不好聽的字眼，甚至還一直跟曾惜道歉。

或許葉宸萱才是那個不希望別人受傷，最善良的人。

周冠綸以為自己已經接受了這個事實了，但簡安淇的出現，再次讓他產生動搖。

他發現，自己沒辦法堅定地否認簡安淇的說詞，甚至他其實，是有一點同意這個說法的。

他不想讓這件事成為羅生門，也不想被當成傻子耍、不想成為簡安淇口中的無知又沒用的男人，他要知道，到底那時發生了什麼事……

曾惜睡不著。

可能是因為幾個小時前才剛小睡過，也有可能是因為腦袋裡的事情太多，一直沒辦法放鬆。

她原本以為，自己已經夠勇敢，可以回過頭去正視自己的陰影，但沒想到，她還是一樣，雖然好像勇敢了一些，還是一樣會害怕。

可是她忽然注意到了一點，和以前不一樣的是，她的那些情緒再也沒有包含「喜歡周冠綸」這部分。

再次看見他，那份屬於「喜歡」的悸動已經消失了。

她找了件薄外套穿上，想去頂樓附設的花園看看夜景。

還沒走到花園，她就在電梯口遇上了她最不想遇到的人。

「喲，好久不見呀，曾惜。」葉宸萱說，故意摸了摸她披在身上的周冠綸的外套，「真巧，妳也在這。」

「嗯，真巧。」她努力地不讓葉宸萱發現她語氣裡的顫抖，試著看起來淡然。

葉宸萱對她皺起眉頭，「曾惜，我告訴妳，我很久以前就想告訴妳一件事。」她伸出手，挑釁般地輕輕拍拍曾惜的右臉頰。

「妳啊，是配不上冠綸的。每次看到妳在想他的表情，我就覺得噁心。妳不是想知道我為什麼要對付妳嗎？我現在可以告訴妳了。很簡單嘛，妳不自己從他身邊消失，就只好由我幫妳，讓妳消失了。對話的截圖，是我自己DIY的；妳的手機，我也是故意讓它壞掉的；音檔是我故意剪接的，不過這一切也是要感謝妳的配合，讓我可以順利製作出完美的對話。噢，唯一在我計劃之外的是，我本來還打算把妳給推下樓的，這樣比較一勞永逸。」葉宸萱故意說道。

曾惜握緊拳頭，一切跟她所猜想的差不多。她知道葉宸萱是為了得到周冠綸才對她做出這些事，但是，她沒想到，葉宸萱是認真的想置她於死地、字面上的那種置於死地。

或許和她是個完美主義者有所關聯吧。

是啊，她的確不像葉宸萱那樣優秀。葉宸萱站在周冠綸身邊，比她來得匹配。

曾惜深呼吸，擠出一個微笑，「我想妳做得對。」她說，「那，祝你們幸福啊。」

她轉過身，放棄上頂樓，準備要回房間去，卻又突然轉了回來。看著葉宸萱，她鼓起勇氣，又說：「有關於妳跟他的所有事情，我都不想知道了，因為對我來說，已經不重要了。我不會再恨妳或者是他了。」

她有其他更要守護、更要為他們而勇敢的人。

她想要試著，努力向未來走。

葉宸萱沒想到，曾惜會這樣回答她，她原本都已經準備好，再欣賞曾惜難過的表情一次的。

更讓她想不到的是，正巧要回房間的周冠綸，已經一字不漏地聽見她們的對話……

曾惜回房後，看見簡安淇已經躺在床上看雜誌，後者聽見她開門，問：「妳跑哪去了？」

她沒有告訴簡安淇她遇見葉宸萱的事，她已經毀了他們出遊的興致，不想再讓她替自己擔心。

「沒有啊。」曾惜笑說，「去花園吹吹風。」

簡安淇放下手中的雜誌，認真的看著她。

「我可以問妳一個問題嗎？」簡安淇說。

被她盯著時，有種被獵豹盯住的感覺，曾惜忍不住吞了口口水。

「好、好啊。」

「妳還喜歡周冠綸嗎？」

沒想到簡安淇是要問這個問題，曾惜眨了眨眼睛，開始認真思考起來。

起初，她剛到鄉下去的時候，的確是每天晚上都想他想到睡不著覺，就算睡著了，也是不停地夢到他。原先她會恨，恨他為什麼寧願相信其他人，也不願意相信她。

但是後來，隨著她跟簡安淇等人感情越來越好，她就發現，自己已經很少想起他、想起他們。

說不定，她其實不是害怕沒有了周冠綸、也不是還愛他，而是害怕孤立、害怕孤單。

「不。」她搖搖頭，或許到現在還是會不甘心，但她能肯定，這再也不是喜歡。

打從他選擇在她最無助時選擇離開她起，他們之間就已經無話可說了。

「妳是不是要跟我說，『不要喜歡這種人』？」曾惜微笑，看上去有點無奈、有點心酸。

簡安淇看著她的表情，她可以肯定，周冠綸或葉宸萱在她身上留下的傷，並沒有好。

可能真的不喜歡了，卻還沒有辦法忘記。

還沒有辦法澈底跟過去告別。

「我們會陪妳走過的。」簡安淇沒有回答她的問題，反而這樣告訴她，「快睡吧。時間不早了，明天早上去海洋公園走走，晚上還有花火節的活動呢。」

待簡安淇關上電燈後，曾惜閉上眼睛，她偷偷帶上耳機，打開音樂。

按下隨機播放，不知道是不是因為自己的多愁善感，她總覺得耳機裡傳來的音樂，真的像是在對她說話。

你靜靜忍著，緊緊把昨天在拳心握著。
而回憶越是甜就是越傷人了。
越是在手心留下密密麻麻、深深淺淺的刀割。

你不是真正的快樂，你的笑只是你穿的保護色。
你決定不恨了、也決定不愛了。
把你的靈魂關在永遠鎖上的軀殼。

你不是真正的快樂，你的傷從不肯完全的癒合。
我站在你左側卻像隔著銀河。
難道就真的抱著遺憾一直到老了？

你值得真正的快樂你應該脫下你穿的保護色。
為什麼失去了還要被懲罰呢？

能不能就讓悲傷全部結束在此刻，重新開始活著。

她是不是能像歌詞一樣，真的重新開始活著？

隔天早上曾惜跟簡安淇是被林宇文給打電話叫醒的。

因為她們兩個昨天都太晚睡，才沒聽到自己手機設置的鬧鐘。後來是林宇文打了不下二十通電話才把曾惜給叫醒。

完全睡死的兩人讓他甚至以為她們出事了。林宇文跟季以傑站在她們的房間外，一邊打電話，一邊討論著到底要不要請飯店人員來開門。

正當林宇文決定請房務人員開門時，曾惜總算接了電話。

「喂？」她的聲音聽起來還是半夢半醒，不，或許該說她根本完全還沒醒。

季以傑搶過林宇文的手機，「曾惜，開門。」他說。

「嗯……」她發出不知所以然的聲音，季以傑原本以為她又要睡著，直到她打開房門，季以傑才鬆了口氣。

不然不知道又要播幾通電話才能叫醒她了。

曾惜拉開門，看見已經準備好出門的兩人，先是揉了揉眼睛，又看了看手機，最後，她驚呼：

「十點了？」

門外的兩人很是無奈的點了點頭。

她把門開著讓季以傑和林宇文進門，自己則衝進浴室裡刷牙洗臉。

把冷水潑在自己臉上，曾惜這才驚覺，自己剛剛看起來有多拉遢，頭髮亂翹、穿著睡衣，眼角說不定還有眼屎……

她蹲在地上，內心的小宇宙崩潰了。

崩潰完畢，她打開浴室的門，看見林宇文正冒著生命危險把簡安淇從床上拉起來。

折騰了一番，人是拉起來了，但簡安淇就是怎樣都不肯張開眼。

「還是她老毛病又犯了？」季以傑說，再怎麼累，被這樣用也會醒來吧。

林宇文沉默了一會兒，原先他還想說她這陣子情況有好轉，沒想到現在又……

「應該是。」他無奈地笑了一下，說，「真是愛給我找麻煩啊……」

「那我們在這裡等她醒來吧。」曾惜說，就算他們都說這是老問題了，她還是覺得很擔心。

林宇文搖搖頭，「不用啦，你們先去玩，我在這裡等她醒來就好。等她醒了，我們再去找你們會合。」

「可是……」她還想說些什麼，但季以傑比她搶先一步說：「好。」

曾惜看著站在她旁邊的季以傑，他無視她無聲的抗議，跟林宇文說到時候再聯絡後就拉著曾惜的手離開房間。

離開房間後，曾惜就這樣被他拉著走，「欸。」她用另外一隻手拍了拍他的手背。

「幹嘛？」

「你幹嘛不讓我在房間裡等安淇醒來？」

「妳在旁邊等也不會有幫助啊，出去散散心不是比較好嗎？」季以傑走在前面，曾惜看不見他的表情。

所以，他是怕她在房間裡無聊會開始胡思亂想嗎？

對季以傑來說，怕曾惜胡思亂想是其中一個他要帶走她的原因。另一個原因，是他跟林宇文昨天正好看見半夜跑下去樓下的簡安淇，雖然他並沒有和著林宇文一起跟上去，但看見他回來時的表情，季以傑就能猜到肯定是發生了什麼，而他也能猜到，林宇文是因為這件事想跟簡安淇單獨談談。

他不知道昨晚簡安淇去了哪裡，反正，林宇文會處理的，他想。

一直以來都是這樣的。

海洋公園就在飯店出口步行約十分鐘的地方，因為時間已經不早了，門口排隊入園的遊客比開園時少了大半，曾惜和季以傑沒有花太多時間就進到了公園裡面。

「妳有特別想去哪嗎？」季以傑問，其實他對這種地方完全沒有興趣。

「呃……」她搔搔頭，其實她完全沒有事先上網查這裡到底有什麼好玩的，不用說，季以傑肯定也沒查。正當她陷入困境時，她眼角瞥見一旁可以自行取用的園區地圖，曾惜小跑步過去拿了一份，研究了一會兒，才說：「不然我們去看海獅表演？現在剛好有一場秀要開始。」

季以傑接過她手中的地圖，看了一下就拉起她的手往海獅秀的場地走。

「欸……」曾惜被他牽得有點不自在，雖然彆扭，但又不討厭這種感覺。

「是因為連假這裡人多，怕走散了，我沒有要趁機佔妳便宜。」他說，微微泛紅的耳朵卻出賣了他。

曾惜噗哧地笑了出來，怎麼這傢伙有時候也滿可愛的。

觀看海獅秀的人很多，他們倆好不容易才找到一個位置。

表演一開始是播放一部可愛的海洋生物影片，逗得在場的大小朋友哈哈大笑，大人們也看得很開心。當海洋公園的明星動物——海獅登場時，全場的氣氛霎時來到最高點。

就連一開始其實沒什麼興趣的曾惜都眼睛一亮，專心地盯著表演池中央。

看著胖胖的海獅那呆萌的樣子，她都覺得自己的心要被融化了。

季以傑看著坐在她旁邊的曾惜那麼開心，心裡也感覺好受了一點。

其實昨天的季以傑，心裡並沒有比曾惜來得好過。他對自己的無能為力感到憤怒，也對那個曾經被她深愛過的男人感到憤怒。

曾經被踐踏的真心，會不會再也不敢接納下一個人？

季以傑不能肯定，但他能肯定的是，他會一直陪著她的。

現在、未來，遠遠長於那個他們沒有彼此的過去的時間。

表演結束後，他們倆跟著人潮走出表演場地，又開始了漫無目的的旅程。

「妳還想去哪？」

「不知道耶。」曾惜再次埋頭看著地圖，她知道季以傑對這裡完全沒有興趣，但他們兩個總不能站在這大眼瞪小眼吧？

季以傑站在她旁邊，一起看著地圖，實際上並沒有要一起思考接下來要去哪裡。

「你都沒有想去的？」曾惜一抬頭，因為季以傑微蹲的關係，她的唇輕輕地擦到了他的臉頰。

曾惜被嚇了好一大跳，往旁邊移動了好幾步，手摀著嘴，「你、你幹嘛突然離我這麼近？」

「我站在這裡很久了。」他故作冷靜的說，天知道他剛剛心臟也差點停了，「是因為妳太專心看地圖了。」

她沒有答話，腦袋顯然還在當機狀態。

季以傑受不了了，曾惜這樣一臉嬌羞地看著他，會讓他有自己真的對她做了什麼不可告人的事的錯覺。

抓起她的手，季以傑直接往最近的遊樂設施走進去，加入了隊伍。

曾惜也沒有抵抗，默默地跟著他排隊。

「那個……」大概排了十分鐘後，曾惜拉拉他的袖子，說：「對不起……剛剛不是故意的。」

他盯著她紅紅的耳根，不禁開始想像，以前的曾惜，是不是在那個男生面前也是一樣的害羞？

季以傑相信，以前的她一定比現在更加活潑開朗直率，雖然現在的曾惜對他來說已經夠好了，她有生以來都是這麼可愛，但他還是偷偷地希望曾惜有一天也可以直率一點，在他身邊的時候能夠開懷的大笑、能夠盡情地流淚、一切喜怒哀樂都不是往肚子裡吞。

思及此，季以傑也不知哪借來的臉皮，「沒關係，我不介意妳非禮我。」

顯然沒想到季以傑會這樣回答，她張開嘴，想要說什麼，卻不知道該說什麼，只能臉紅。

聽見她欲言又止了那麼久，最後竟然是說出這種話，季以傑挑眉，俯下身，在她耳邊低聲說：

「我、我沒有那個意思……」

「我真的不介意。」

就在曾惜又被搞得無法答話時，設施隨著隊伍的前進也進入他們的視線中，他們這才知道，原來自己正在排隊搭乘雲霄飛車。

「你喜歡玩這個喔？」曾惜指著雲霄飛車，問，試圖轉移話題。

「我哪知道他們在排這個……」季以傑忍不住流了一滴冷汗，他有點怕高，但是雲霄飛車那種速度才是最讓他害怕的原因，「妳不敢玩我們就走啊。」他說，暗自希望曾惜告訴他她不敢玩。

但曾惜卻違背他的期望說了句：「不會啊。」

季以傑默默在心底懺悔，他不該言語調戲曾惜的。

報應啊、報應。

又過了幾分鐘，他們總算在雲霄飛車上坐下，季以傑原本打算挑最後面的位置坐，但沒想到、他發誓他沒想到，曾惜居然挑了第一排的位置坐下。

待兩人坐下後，一旁的工作人員詢問季以傑有沒有心臟病、高血壓等等的疾病，讓他又更加緊張了。

瞥了一眼身邊的曾惜，她倒是很老神在在。

「妳真的不會怕？」他問，不知道是不是還存有一絲絲不用上車的希望。

曾惜疑惑的看著他，「不會啊。還是你不想坐，那也沒關係啊。我……」

「沒有，沒關係。」曾惜話都沒說完，季以傑就打斷了她，像是急著證明什麼。

工作人員顯然沒有感受到季以傑不願意搭乘的決心，鈴聲一響之後雲霄飛車就啟動了。

在加速的過程中，四周的場景也從完全的漆黑變成了居高臨下俯瞰整座海洋公園。

雲霄飛車越爬越高，曾惜興奮地望著下面，一直到看見雙眼緊閉的季以傑才忍不住笑出聲。

她伸出手覆蓋他的，沒說什麼，卻止不住笑。

季以傑沒有睜開眼，但緊緊地抓住了她的手。

在幾秒的停頓之後，雲霄飛車出其不意的俯衝而下，然後三百六十度的轉了一圈又一圈，季以傑此時都以為自己要把早餐吐出來了。

倒是一旁的曾惜，開心的和眾人一起尖叫，全程都張著眼，完全視懼高症為無物。

順利回到出發點後，大家都準備下車，只有季以傑還閉著眼睛，曾惜想笑，但又怕他生氣，只好先忍了下來，拍拍他的肩膀，「季以傑，到了。」

他此時才張開眼睛，一臉大便的跟著曾惜下車。

往下走的路上，季以傑還是抓著曾惜的手，曾惜沒有反抗，靜靜的讓他抓著。她不知道現在的他是還沒回魂，還是……

走到出口時，一旁的螢幕顯示著剛剛搭乘雲霄飛車時由海洋公園的設備拍下的乘客照片，美其名是為您拍照做紀念，實際上是讓大家看到自己的醜態，季以傑看著螢幕，自己的雙眼緊閉，看上去沒有特別害怕或特別不害怕，曾惜倒是笑得很開懷，季以傑幾乎沒有猶豫，立刻買了一張照片。

曾惜疑惑的看著他放開自己，然後掏出錢包。

「你買這個幹嘛？」曾惜問，她覺得自己在照片裡的樣子實在是醜到有剩。而且說實話，她還真不想季以傑把她那麼醜的樣子留作紀念。

「妳管我。」他答，就是沒有要回答的意思。

季以傑小心翼翼的將照片放進包包裡，牽起她的手往外頭走。

他才不只是因為曾惜笑得誇張才把這張照片帶回來的，而是因為，這張照片拍到他們兩個牽手了。

但他是絕對不會告訴曾惜的。

就在此時，季以傑的手機響起，林宇文告訴他簡安淇已經醒了，而他們在海洋公園的門口，準備要來和他們會合。

季以傑和他說他們在雲霄飛車前，對方答了聲好便掛斷電話。

「你怕高？」曾惜問，她還以為季以傑是個天不怕地不怕的人。

他撇過頭，「沒有。」死不承認。

「你怕高。」曾惜又說了一次，這次是肯定句。

季以傑這次倒是轉了過來，伸出右手捏住她的下巴，語帶挑釁的說：「嗯?皮在癢？」

他想，曾惜的本性大概就是這樣有點調皮，他希望她能從痛苦的回憶中走出來，卻不知道是恢復成以前那樣好還是維持現在這樣好。

曾惜因為臉被捏住，含糊地說了什麼，季以傑沒聽清楚，就被另一個女聲叫住。

「季以傑你幹嘛？」簡安淇站在曾惜背後，瞪著他。

季以傑放開曾惜，無視簡安淇，利用身高優勢越過曾惜和簡安淇的腦袋，看向林宇文。

林宇文沒有說話，對他挑了挑眉。

「你們兩個幹什麼？」簡安淇對這兩人眉來眼去，絲毫不把她跟曾惜放在眼裡的樣子感到跳腳。

「沒事沒事。」站在她後方的林宇文拍拍她的腦袋，像是在安撫一隻小動物。

簡安淇哼了哼，偷偷對他做鬼臉。然後像是現在才注意到雲霄飛車就在前方，她驚呼一聲，興奮地拉起曾惜的手，說：「曾惜，我們去玩這個！網路上都說這是此生必玩！」就把林宇文給放生。

被放生的林宇文看著她們跑進去隊伍裡面，沒有多想也準備跟著進去排隊。

季以傑在他要進入隊伍之前拉住他的手，林宇文看了一眼他的手，才抬起頭來和他對視。

「牽錯人了。」他對季以傑再次挑眉，這個表情的意思其實大概就是「哎唷，進展得不錯喔。」

發覺最近跟林宇文講話都只有被調侃的份，季以傑摸摸鼻子，放開他。

他本來是想說服林宇文跟他一起在下面等的，不過……

唉，只能硬著頭皮再上一次了。

在排隊的時候，曾惜一直有意無意的偷瞄季以傑，雖然嗆嗆他是還滿開心的，但看他那麼怕，曾惜又覺得有點捨不得。

季以傑當然發現了曾惜的視線，他就是故意不看她，省得她等一下把他會害怕的事情說出來，或是一直在心裡偷笑他。

當然這些小動作都是逃不出林宇文的手掌心的，他看了兩人幾眼，忍不住噗的笑出來。

「林宇文你笑什麼啊？」簡安淇原先正和曾惜研究著地圖，聽到他的笑聲後，她從地圖中探出頭，疑惑的問他。

季以傑不著痕跡地瞪了他一眼，林宇文只好擺擺手，「沒什麼。」

準備上車時，曾惜決定要日行一善，她拉了拉簡安淇的衣服，怯怯地說：「安淇，我、我發現我好像不敢搭……」

簡安淇笑了出來，拍拍她的肩膀，「那妳剛剛怎麼不說，我又不會強迫妳。」

「我不想毀了妳的興致嘛。」曾惜對她抱歉一笑，「我在下面等妳好了。」

簡安淇點點頭，說：「那，季……」

「季以傑在下面陪我好了！」曾惜打斷簡安淇，看了一眼季以傑。後者顯然沒想到她會這麼做。

簡安淇眨眨眼，然後聲音有些悶悶地回了她一聲喔。

曾惜還來不及搞清楚簡安淇有沒有不開心，工作人員就請他們上車了。

季以傑和她站在一旁，曾惜看著簡安淇和林宇文出發，雖然有點想再玩一次，但好歹季以傑也幫了她幾回，偶爾回報他一下也是應該的。
「妳怎麼突然……」季以傑搔搔頭，想不出該怎麼說。
曾惜被他拉回注意力，「啊？喔，就，舉手之勞啦。」
「我以為妳喜歡看別人被嚇到的樣子。」季以傑說，剛剛看她調侃他時笑得那麼開心。
她皺著眉頭，「才沒有呢！我才不是那種人！」
「好、好，妳不是。」季以傑摸摸她小小的腦袋瓜，因為她的體貼而心頭一暖。
「當然。」曾惜雙手拉開他的手，看著他，笑說：「只喜歡看你被嚇到。」
他愣愣地看著她，一時之間想不出該回答什麼。他別過臉，看起來是不想理她。
但卻再次被自己紅紅的耳朵給出賣。
曾惜看著他的反應，意識到自己好像說出了有點曖昧的話，她想再補充些什麼，可是感覺不管多加什麼話都是越描越黑，索性不說了。
反正他等等就忘記了，像他一樣淡然的人。
當簡安淇和林宇文回來時，季以傑還沒有從自己撲通撲通的小心臟上回過神。
「走了。季以傑你在想什麼啊？」簡安淇回過頭來朝他問。
「沒有啊。」心情愉悅，他的回答也跟著愉悅起來。
簡安淇被他反常的答覆給嚇了一跳，困惑地看了曾惜一眼，她則聳聳肩表示不清楚。
林宇文走在季以傑旁邊，和他擦肩時說了句：「美救英雄。」他原本以為季以傑會揍他一拳，但同樣嚇林宇文一跳的是，季以傑什麼都沒說。

愛情的力量太可怕了，他起雞皮疙瘩，脾氣這麼好，還是其實是被調包了？

四人一路上又玩了一些不那麼刺激的設施，每當要進入隊伍之前，曾惜都會偷偷覷一眼季以傑，想知道這個設施會不會讓他懼高症發作。

殊不知，這看在其他人眼裡，卻不是這麼單純的意思……

當他們邊玩邊走到海洋公園的最裡頭的時候，已經是晚上六點。海洋公園的最裡頭是一個廣場，這也是花火節主要活動舉辦的地點。

廣場四周有許多攤販，可以讓飢腸轆轆的遊客填飽肚子，大概七八點時，園方就會施放長達二十分鐘的煙火，這也可說是海洋公園花火節的最大賣點。

雖然才六點左右，但廣場上早已擠滿遊客，就連想要找個位置坐下都是奢求。

他們買了一些小東西站在廣場外圍吃，等待著花火的施放。

「曾惜，妳之前有參加過這種活動嗎？」簡安淇隨口問，她自己則是好幾年沒有來參加這種大型的活動，窩在鄉下，總覺得就連每天出門會擦肩而過的臉孔都是同樣的。

曾惜咬著叉子，回憶著今年跨年時，自己曾和周冠綸去看過跨年煙火的事情。都還歷歷在目。

雖然懷念，不過過去的，就讓它活在過去吧。

「我只有跟朋友去看過跨年的煙火。」她答，那個回憶，並不特別。那個人，也並不特別。

結束了這個話題，林宇文和季以傑接過她們手中的垃圾，說要去丟垃圾便離開了，簡安淇原先在和曾惜聊天，但她的手機卻突然響起，她跟曾惜說了聲，就走到旁邊去接電話。

「在車上的時候，坐在妳旁邊那個，是妳的新男友啊？才轉學多久，又有新男人？」簡安淇前腳剛走，那個讓曾惜甩都甩不掉的聲音又猝不及防的出現。葉宸萱朝她走了過來，對她微笑，「看起來不怎麼樣啊，不過倒是跟妳滿配的。」

「他不是我男朋友。」曾惜說，皺著眉頭。她都已經打算讓一切停在這裡就好，不懂為什麼葉宸萱要一而再、再而三地出現。

「那是……炮友囉？」葉宸萱說，說完自己笑了起來。

曾惜聽見這句話，理智線瞬間斷裂，她不知道自己哪來的想法，往前跨一步，狠狠給了她一巴掌。

啪。

曾惜似乎用盡了她畢生所有的力氣。她的手掌甩在她臉上的聲音很大，周遭似乎這個聲響而突然完全安靜了下來，大家八卦的眼光紛紛投射到她們身上。

「妳……」葉宸萱惡狠狠的瞪著她，曾惜後退了幾步，不知道在大庭廣眾下被打了的葉宸萱會做出什麼反應。她剛剛根本沒想那麼多，葉宸萱講她什麼她都可以忍，但她不喜歡葉宸萱針對她的朋友。她的朋友們努力的想保護她，所以她也想保護他們。

葉宸萱朝曾惜快步走了過來，一隻手揪住她的馬尾。

「葉宸萱，夠了吧。」忽然一個影子出現，他拉住葉宸萱的手，把她甩開，然後把曾惜護到了身後。

曾惜抬起頭看著那個背影，一時之間忘記了呼吸……

「冠綸……」葉宸萱顯然沒想到周冠綸會突然出現，她上前想要拉住他，卻再一次被他甩開。

「葉宸萱。」他低聲唸著她的名字，雙手緊緊握住，卻在顫抖。曾惜站在他後方，看著狼狽的葉宸萱，忽然覺得，她有點可憐。

「冠綸……你、你聽我解釋。」眼淚在葉宸萱的眼框中打轉，她急著想說些什麼，卻好像什麼也想不出來。

周冠綸深呼吸了一口，站在他身後的曾惜看不見他的表情，「葉宸萱，妳還想說些什麼？我被妳騙了那麼久還不夠嗎？」

「不是、不是你想的那樣。冠綸，你才是被那個女人騙了！」葉宸萱想再次靠近他，但周冠綸只是後退了幾步，抓著曾惜的手。

曾惜被他抓得不知所措，她可以感覺到他的痛苦、掙扎。她不喜歡這樣。

「那天半夜，妳是怎麼跟曾惜說的？」

「那是……」

「妳說，那一切都是妳策劃的。妳說，想推她下樓、想要她死。妳要說妳不是殺人兇手嗎……」

「冠綸……你、你不懂。我那是為了你好啊……」葉宸萱先是愣在原地，顯然沒想到自己一手策劃出來的計謀最後竟然是被自己給親手毀掉，她忍不住哭了出來，蹲在地上，雙手摀著臉。

周冠綸嘆了口氣，說：「宸萱，那天晚上我聽到妳在跟曾惜說話的時候，我很驚訝。但我那時並沒有跟妳說什麼，我只是想知道真相，其他的部分……我甚至想就這麼算了，就讓日子就這樣過下去也好、這樣對曾惜也比較好。可是我不懂，怎麼妳就是不肯放過她？她已經一無所有了，妳還想從她身上得到什麼？」

說完，不管葉宸萱是不是還想說什麼，周冠綸便拉著曾惜的手臂，轉過身離開了廣場。

站在旁邊目睹一切的簡安淇正猶豫著該不該追上去，就對上了不知何時也出現在對面的林宇文的眼睛，林宇文一手拉住季以傑阻止他衝上前去，順帶用眼神示意她也別跟上去。

「林宇文，別拉了。」季以傑說，看著周冠綸和曾惜離去的背影，「我不會追上去的。」

林宇文擔憂地看了他一眼，最後還是放開他。

「我知道，要和過去道別，就得好好跟過去說再見。」

「你就不怕她又跑回過去啊。」林宇文笑說。

季以傑這才收回視線，看著他說：「她知道對自己最好的決定是什麼。所以不管她最後是怎麼決定，我都會支持她。」

周冠綸牽著她，一直走到了沒有人的地方。海洋公園的遊客大多都集中到了廣場上，其他地方則相對的冷清。

他停下腳步，回過頭來靜靜的看著她，卻沒說話。

「冠綸？」曾惜疑惑的看著他，將手給抽了回來，「你……」

她話都還沒說完，就被周冠綸給拉進懷裡。

「對不起……」他說，眼淚滴在曾惜的頸間，越發將懷裡的人給攬緊。

「都是我的錯……」

曾惜看不見他的表情，一時之間她也不知道要說些什麼好，只能安慰般的拍拍他的背。

曾經，她最大的願望，就是希望他能知道真相。曾經，她最大的願望，就是他能回到她身邊。

可是不知道從什麼時候開始，這件事已經變得不再重要。

「妳願意跟我回去嗎？」周冠綸想，曾惜是被他、被他們逼著離開自己的家的。他知道他在曾惜身上留下的傷痕是沒辦法消失、也沒有辦法被原諒的，可是他希望，他還是有機會能再給她溫暖，讓他至少能彌補一點點。

只要她在他身旁。

曾惜掙開他的懷抱，退到離他一步的距離，望著他的眼睛。她想起了很多其他美好的回憶。

可是，同時也伴隨著很多痛苦的回憶。

「我不想回去。」她答。無論是哪方面，她都不想回去，她想要往前走，很努力的往前走。

看著周冠綸，曾惜給了他一個微笑，「冠綸，我曾經很愛你。我是說曾經。但也許，打從你選擇離開的那刻起，我們就注定與彼此的未來再也沒有瓜葛。」

「我不恨你，反而感謝你。感謝你給我的那些回憶，不管好的壞的。」不會恨、但也不會忘記。

也許對自己最好的方式，就是把回憶當成養分，成長。

周冠綸聽著她說的話，也跟著笑了。

也是，他拿什麼臉要她回來？

對現在的他來說，只要她幸福快樂，對他來說就是最好的事了。

「曾惜，妳果然是個很棒的女孩。」

她笑著朝他揮揮手，「那，我回去我朋友們身邊了。再見。」

「再見。」

看著她跑開的背影，周冠綸想，這就是他懺悔、努力一輩子也配不上的女孩。

他們已經錯過了。

曾惜沿著剛剛的路線走了回去，此時花火已經開始施放，她站在遠方，遠遠的就看見她的朋友們。

簡安淇抬頭看著天空，表情看不出她的思緒、看不出她到底是不是在看煙火。

季以傑則是雙手抱胸，面無表情地盯著前方，肯定沒在看。

反觀林宇文，倒是老神在在的看著花火，還空出了一隻手放在簡安淇身上。

她跑到他們身邊，注意到她的動作，三人動作一致的轉了過來。

曾惜站定在季以傑身邊，用眼神跟簡安淇說她沒事了，要她好好欣賞煙火，別擔心她。

而季以傑還是盯著她，曾惜假裝沒看到，抬起頭望著天空一片絢爛，總覺得自己又往前走了一大步。

眼見曾惜真的沒什麼異常，季以傑放鬆的露出微笑，左手則緊抓著曾惜的手。

花火大會結束後，人潮慢慢地散去。四人跟著人潮離開廣場，曾惜放開季以傑的手，獨自一人走在前面。

「曾惜，妳真的沒事了嗎？他……」簡安淇小跑步追上，她小心翼翼地開口，想知道周冠綸跟她說了什麼，而她又是怎麼回答的。

她想幫忙拉曾惜一把，卻不知道自己為何總感覺像是個局外人。

「沒事啦。」她擺擺手，「周冠綸問我……要不要跟他一起回去。」

「回去……妳原本的家嗎？」簡安淇皺著眉頭，沒辦法想像生活瞬間少了曾惜。她好像已經在不知不覺間變得有點依賴她。

曾惜點點頭，抬起眼時對上簡安淇那擔憂的表情，連忙勾著她的手，笑說：「我不會回去。這裡現在是我的家啊。」

簡安淇看著她，丟給她一個疑惑的眼神。她一直以為，每次提起過去那個城市時曾惜眼裡的光芒代表著她不喜歡現在生活著的這裡。她一直以為，只要有一個契機，她就會頭也不回的離開。

「其實，我也不是單純因為他們的事才離開的。他們只是讓我的離開變得比較沒有那麼難分難捨罷了。我不想回去，就算回去了也跟以前不一樣了。我覺得，也許，要往前走就必須放下過去吧。」

記得過去的好，然後讓未來的日子更好。

聽見曾惜的話，簡安淇勾起嘴角，好像想給她一個微笑，卻又有什麼煩惱。

但曾惜沒有發現。

兩人聊著無關緊要的話題，像是什麼也沒發生一般走回飯店。

「欸，妳等一下。」正當簡安淇準備打開房門時，一路上都跟在她們後面卻什麼也沒說的季以傑突然開口。

林宇文站在他旁邊，點點頭。

「幹嘛？」簡安淇放下房卡，狐疑地看著他。

季以傑沒有回答，只是默默地開了房間的門，逕自走了進去。林宇文也跟著進了房間。

曾惜和簡安淇則站在原地，兩人交換了一個「我也不知道他們在幹嘛」的表情。

「進來啊。」林宇文在房裡朝她們喊。

雖然不知道他們要幹嘛，兩人還是乖乖地進了房間。

一進門，林宇文就關掉了房間的燈，季以傑則將剛剛從冰箱拿出來的蛋糕點上蠟燭。

「生日快樂。」他說。

林宇文從櫃子上拿了一個紙袋，遞給簡安淇。

「給妳。生日快樂。」

後者接過紙袋，一副不可置信的樣子，「原來我沒提醒你們，你們也會記得我的生日。」

「當然。」林宇文大笑，「忘記的話我可不知道妳會記仇記多久呢。對了，以傑也有買禮物給妳喔。」

聽見林宇文這麼說，簡安淇的眼中突然亮起了光芒，比起剛剛看見林宇文準備的禮物，季以傑有買禮物這件事似乎更讓她開心。

季以傑用下巴指了指林宇文，示意他將東西拿出來。

林宇文從自己身後的櫃子再次拿出了一個袋子，並把他遞給季以傑。

季以傑給了他一個莫名其妙的眼神，明明林宇文就站在她們旁邊，為什麼不直接給她就好？

「自己的禮物自己送。」林宇文鄙視地看著他。

「哪。」季以傑往前走了幾步，站定在她面前，「生日快樂。」

「謝謝。」她說，但她卻沒有接過紙袋，反而趁季以傑不注意時將他抱住。

「欸妳……」他的腦袋一瞬間想不出該做什麼反應，曾惜的也是。

曾惜看著眼前的畫面，明明很溫馨、明明很幸福，她卻忍不住地覺得胸口發酸。

怎麼了呢……

簡安淇放開了他，朝他微笑之後就拿著兩人給的禮物跑出了房間。

留下曾惜站在原地。

她丟給了林宇文不明所以的表情，林宇文則是給了她一個微笑，什麼也不說。

雖然他是很想大聲地嘲笑簡安淇是在害羞什麼，連蠟燭都沒吹、蛋糕都還沒切就跑了。

「曾惜，我把蛋糕切一切，妳拿一半回去房間吧。」林宇文說，拍拍她的肩膀。

越過季以傑，他走到蛋糕旁邊，吹熄了蠟燭。

留下曾惜和季以傑兩人不知道該說些什麼。

季以傑看著她，暫時找不到機會將生日禮物交給她。他怕讓其他人看到，他們會因為不知道曾惜的生日而感到抱歉。

不知道季以傑心裡的盤算，曾惜盯著地板，好像地上有什麼東西很吸引她一樣地目不轉睛。

她其實有點難過。

不是因為簡安淇的擁抱，也不是因為大家不知道她的生日，而是因為季以傑和林宇文就連什麼時候要幫簡安淇慶生都沒告訴她。看著他們開心的慶生，曾惜甚至有一瞬間不知道自己出現在這個房間裡到底是對是錯。

「曾惜，好了喔。」林宇文說，這句話彷彿解救了她，讓她可以離開這個尷尬的情況。

「喔，好。」她接過蛋糕，說了句謝謝之後就頭也不回的離開了。

回到房間之後，曾惜並沒有看到簡安淇，她放下蛋糕，才注意到陽台的落地窗是開著的。

她先是拿了自己準備好要給簡安淇的禮物，然後才跟著走到陽台。

「安淇？」

「妳回來了啊，對不起喔，剛剛把妳留在那裡……」簡安淇坐在陽台的涼椅上，一隻手抱著一隻小熊娃娃，那是季以傑送給她的生日禮物，簡安淇看起來雖然開心，眼框卻泛著淚光。

「啊、喔，沒關係。」曾惜愣了一下，才說，「安淇，這是我準備的禮物。我不知道妳喜歡什麼，但我一看見這個風鈴，我就想到妳。給人一種很舒服的感覺，我也不知道要怎麼說，總、總之，希望妳會喜歡……」

她搔搔頭，有點不知道該怎麼表達，於是將裝著風鈴的盒子遞給簡安淇，簡安淇張大嘴巴，很驚訝地樣子。

「曾惜，妳怎麼會知道我的生日？」她邊說邊打開盒子，「哇，這個很漂亮耶，剛好可以掛在我家的陽台！」

「當然要知道的啊。」她說，給了她一個微笑，「妳喜歡就好。」

原本曾惜還很擔心簡安淇會覺得她送的東西不好，現在看到簡安淇的反應，她也就放心了。

「曾惜。」簡安淇忽然小聲地喚了她的名字，曾惜原先看著天上的星星，被她這麼一叫才轉過頭來看向她。

簡安淇褪去臉上的笑容，然後把臉埋在手上的那隻熊裡面。

曾惜一頭霧水地看著簡安淇，一直到她把臉抬起來時，曾惜才發現她居然哭了。

「安淇……妳、妳在哭什麼？」曾惜被她這突然其來的反應嚇得手足無措，想要安慰她卻不知道她在哭什麼。

「曾惜……妳剛剛跟我說，妳不想回去……可是、可是我……我好像必須回去了。」她一邊吸著鼻涕，一邊說。

「妳說這是什麼意思？」

「剛剛醫院打來告訴我，有一個醫師可能可以治療我這種莫名其妙突然昏厥的狀況，他原本在國外做研究交流，下個月就要回來了。所以、所以我……」簡安淇抬頭看著曾惜，說不出要離開這句話。

曾惜的腦袋一時無法消化這個訊息，她不知道自己要說些什麼才能安慰到她。她知道自己一個人做治療是很孤單又痛苦的事情，那不是一句「妳要加油」就能抵銷的恐懼，可是她也不能要簡安淇留下來別去。

「妳有告訴林宇文或季以傑嗎？」曾惜問，也許那兩人會說出什麼比較安慰的話、提出什麼比較有建設性的提議。

「沒有。我不打算告訴他們。」簡安淇搖搖頭，若有所思。

「妳不可能就這樣默默的消失啊。」她皺起眉頭，不太能理解簡安淇的決定。

簡安淇無力地笑了，「我會跟他們說我要搬回去跟我媽一起住。我想，要是讓林宇文知道我要回去做治療的話，他會很擔心，甚至會跟著我搬回去。」

曾惜想，依照林宇文對她的關心程度，這的確是很有可能發生的……

「那季以傑呢？」

簡安淇再次搖頭，這次卻沒有說明為什麼。

她也沒有告訴曾惜她什麼時候要把這件事告訴季以傑跟林宇文，只說自己最快下個月就會離開了。

她想也許簡安淇比較希望能自己靜一靜，於是她清清地帶上了陽台的門，自己進屋，在房間裡看著她的背影好一會兒。她不知道簡安淇在那裡有沒有朋友，也不知道她父母是不是會照顧她，她很擔心，又無能為力。

她走出房間，想吸點新鮮空氣好讓自己的腦袋能夠清醒一點。才走沒幾步，就遇到了出來買東西的季以傑。

「嗨。」曾惜想假裝什麼事都沒發生，很自然的跟他打招呼，但季以傑似乎不是那麼好騙，他對曾惜挑眉，然後要她站在原地等他一下。

曾惜一頭霧水，還是點點頭乖乖的待著。

幾分鐘後，季以傑才慢慢地走了回來，問：「妳要去哪？」

她這才發現原來季以傑是把剛剛買的東西拿回房間放，要跟她一起出去。

「沒有啊，就是想找個可以吹吹風的地方。」

「那走吧。」季以傑拉著她搭上電梯，按下頂樓的按鈕。

曾惜原本以為頂樓就只是個普通的花園，但季以傑帶著她穿過一個小門後，她才發現原來這是一個露天酒吧。

酒吧的人不算多，氣氛也不錯，不會寧靜的過頭，也不會吵雜的令人心煩。

季以傑讓她坐在角落的位置，旁邊的圍牆是透明的，坐著就可以俯瞰整個樂園和山頭。

曾惜盯著下方一點一點微弱的光，發起呆來，甚至沒注意到端著酒走回來的季以傑。

「妳……還煩惱嗎？」看著呆住的曾惜，季以傑一方面覺得可愛，一方面又有點擔心。

「啊、沒有啊。」她說，將注意力拉回對面那人的臉上。

他微微皺起的眉頭顯示他現在很擔心。

「他們沒辦法傷害我。」曾惜笑說，「因為我不在意了，所以葉宸萱已經沒辦法用周冠綸來傷害我了。」

「可是妳看起來……」季以傑不太相信，可是又不知道該不該拆穿她。

有的時候，對方不想說，他也就不想問。

但是對方是曾惜，是那個他無論如何都想再離她更近一點的女孩。可他怎麼猜得到，曾惜真正煩惱的事情，和她的過去一點關係也沒有。

「妳……」

「我沒事。」曾惜打斷他，但她馬上就後悔了，想想自己這樣好像有點此地無銀三百兩，於是又補了一句，「真的，我很好。」

她捏了季以傑的臉頰一把，這是她第一次對他做這個動作。後者愣了一下，隨後反抓住她的手。

「皮在癢？」他問，眉頭微微蹙起，反捏回去。

曾惜自己其實也不知道，剛剛怎麼會做出這個動作。她發現自己有時候，會覺得季以傑的反差很可愛。好比說他現在紅透的耳根。

這樣是不是很有病？

「才沒有。」她抽回手，見到他臉上的表情和剛剛相比緩和許多，才稍稍放心。

「喔對了，這個給妳。」季以傑從口袋裡拿出了一個小盒子，將它放在桌上。

「這是什麼？」曾惜拿起那個小盒子，狐疑地問。

見季以傑沒有要回答的意思，她便直接打開盒子。盒子裡面是一條銀色的項鍊，墜飾由兩個流線構成，看起來就像半個愛心。

「送我的？」她問，季以傑別開臉，點點頭，說：「生日快樂。禮物我隨便挑的，妳不喜歡就放著吧，不用戴也沒關係。」

「你怎麼知道我生日？」曾惜看著手裡的項鍊，她以為沒有人知道的……為什麼季以傑會注意到……

季以傑一隻手放在脖子後面，還是沒有轉回來看她。這些小動作顯示他現在非常緊張。

「是奶奶跟我說的。我想說，我們既然都要幫簡安淇慶生了，如果沒有買禮物給妳，怕妳會覺得不公平，才順便買了一個給妳……欸，妳幹嘛……」季以傑說到一半，轉過頭來稍微瞥了她一眼。不看還好，這一看不得了，坐在他對面的曾惜低著頭，哭得不能自己。

她試圖想用手擦掉眼淚，卻是徒勞，而季以傑一時反應不過來，也只能僵在原位看著她哭。

等到季以傑腦袋接上線，隔壁桌的客人已經被曾惜吸鼻涕的聲音給吸引了注意力，小心翼翼地用八卦的眼神盯著他們。

「唉……」他站了起身將曾惜連同她手上的禮物一起拉了起來，到旁邊沒有人的小花園去。

「別哭了啦……為什麼要哭？」季以傑彎下腰，難得溫柔的輕聲問她，但她只是持續吸著鼻涕，像極了糖果被搶走的小孩。

被曾惜弄得很慌，他從來沒看過她這個樣子，失措的他努力的回想著自己是不是做錯了什麼、是不是說錯了什麼。

「啊……我剛剛是亂講的啦……妳不是順便的，奶奶在我們出發的前一天才跟我說妳要生日了，妳都不知道，那天晚上我找了多久才買到妳的禮物。我沒跟他們兩個說，是因為來不及，妳的蛋糕我一定會補給妳……所以妳不要哭了好不好？」季以傑說，有時候他真的是很痛恨自己這張嘴，口是心非不說，用詞還異常苛刻諷刺。

沒想到他剛說完，曾惜就忍不住笑了出來，她當然知道季以傑是什麼個性，說出來的話是怎樣的。她又何嘗不知道，季以傑是真心對她好的，她只是太感動了……

曾惜原本就沒有期待他們會知道她的生日，當然更沒有期待能收到一句生日快樂。

「妳笑什麼？」季以傑問，突然有種自己被陰了的感覺。

「我只是覺得你很可愛。」她沒多想，就脫口而出。

季以傑一時氣結，他還以為自己做錯了什麼，結果……

他轉過頭去，似乎準備要離開，曾惜這才發現自己好像「不小心」整到他了，趕緊抓住他的衣角。

感受到她的力量，季以傑停下腳步，卻沒有說話。

「謝謝你，我真的很感動。我以為你們都不知道我生日。我只是太感動了而已……」

他嘆口氣，回過頭來，「所以，妳要知道，無論如何都還是會有站在妳背後，妳不是自己一個人。怕的時候就說，大家都會在。逞強對妳來說不會永遠都是一件好事。」

曾惜用力地朝他點頭，季以傑看著她紅撲撲的臉頰，一時沒把持住，就一手將她攬進懷裡。

「生日快樂。」他說。

隔天準備回去時，簡安淇忽然提出想和林宇文一起坐的要求，曾惜猜想，她大概是要把自己準備離開這裡的事告訴林宇文了吧。

昨晚曾惜回房後，她就已經抱著小熊在床上睡得不省人事了，所以她們也沒再討論過這個話題。

曾惜跟季以傑坐在他們倆的前面，因為昨天折騰得太晚，她一上車就開始猛點頭。火車上其實不太好睡，靠著窗戶睡又總有突出的地方讓人不太舒服、拉下前面的桌子趴著睡又覺得桌子太矮、靠著椅背睡頭又一直滑下來，搞得曾惜一直睡睡醒醒的。

坐在一旁的季以傑看著她那模樣，嘴角忍不住漾起笑意。有時他會覺得曾惜是個很獨立的人，有時他又覺得她根本還是個孩子。

「妳怎麼沒戴那條項鍊？」看著她空空的脖子，他問。

「我怕弄丟了。」半夢半醒之間，她答，「我真的沒有不喜歡。」

「白癡喔，買給妳就是要給妳戴的啊。項鍊在哪裡？」

曾惜睜開眼，看了一眼自己腿上的包包，又繼續打瞌睡。

季以傑無奈地嘆了口氣，拿過她的包包，找出了那個小盒子。他小心翼翼地取出，再小心翼翼的將那條鍊子繫在她的頸子上。

「弄丟的話我會再買一條給妳。」季以傑說完，很順手的把她的腦袋瓜推到自己肩膀上。

回程的路上季以傑看著曾惜的側臉，還在想著昨天她到底是在煩惱什麼。是不是她不夠信任自己，所以才不把事情跟他說呢？

如果信任可以用買的，他想，他會變賣他的一切，只為了換取她的信任。

當曾惜被季以傑叫醒時，又已經是準備下車的時刻了。

她呆呆地看著正在幫她拿行李的人，沒有多想就靠過去牽起了他的手。後者被她的舉動弄的小鹿亂撞，但還是一臉平靜的牽緊她下車。

「還想睡啊？」季以傑好笑地看著她，「醒醒，不然等等跌倒我可沒有手扶妳。」

曾惜這才恍若大夢初醒一般回過神來，不知道自己是何時牽著他的，想將自己的手拉回來，但季以傑手掌的力量卻讓她無法如願。

「牽好。」他說，語氣平淡卻讓人安心。

曾惜這才注意到，簡安淇和林宇文呢？

她環顧四周，才注意到簡安淇正坐在她身後的、月台上的涼椅，身體微微顫抖著似乎是在哭泣，而林宇文則站在她前面，擋住簡安淇不讓其他人發現她的脆弱和憂傷。

「安淇她……還好嗎？」曾惜不知道發生了什麼事，她也不知道簡安淇在車上究竟跟林宇文說了什麼。

季以傑聳聳肩，表示他也不知道，唯獨他的眼神也流露出了擔心。

「沒事的，林宇文會處理。」他說。他一直都是這麼說。

放不下心的曾惜最後還是選擇拉著季以傑靠了過去。

此時的簡安淇看起來已經平靜許多，只是默默地吸著鼻子，沒有掉眼淚。看到他們倆靠了過來，簡安淇先是瞥了一眼那雙緊握著的手，才看向曾惜。

「我可以跟季以傑借一步說話嗎？」她說。

聞言，曾惜馬上趁著季以傑不注意抽回了手，「好。」

然後跟著朝她招手的林宇文往車站門口移動。

站在車站門口，曾惜偷偷瞄了一眼林宇文，見他只是抿著唇，沒有其他特別的反應，看起像在思考著什麼。他的目光落在曾惜捕捉不到的遠方，雖然沒有看她，還是拍了拍她的手臂，要她別擔心。曾惜知道，簡安淇還是告訴他實話了。想也知道，什麼事都瞞不過他的，特別是和簡安淇有關的一切。

至於剛剛，簡安淇抬頭看著她時，眼裡的情緒是什麼，曾惜無法解讀。

「我要離開了，下個月。」一直到簡安淇開口，季以傑才將自己的視線從越走越遠的曾惜身上移開。

「去哪。」季以傑聽見這個消息，臉上沒有什麼吃驚的表情。

這讓簡安淇不禁有點心酸，她從來沒搞懂季以傑的內心是不是總是和他的表面一樣波瀾不驚。

「做治療。」她說，「國內有個很有名的醫師，他原先在國外，現在回國了，據說他能治好我的毛病。」

季以傑聽完，只是點點頭。什麼也沒說。

「季以傑，你喜歡曾惜嗎？」簡安淇因為哭泣而佈滿著血絲的眼睛盯著他。

他們在車站外頭分別，季以傑和曾惜牽著對方，用很緩慢的速度往家的方向走。她不知道剛剛簡安淇跟他說了什麼，只知道當他們一前一後走出來時，簡安淇的表情很是難看。就連曾惜跟她告別，她都只是揮揮手，什麼也沒說。

至於季以傑，還是一樣的面無表情。

兩人都沒有說話，這時候的曾惜，其實不知道季以傑心裡在想什麼，也猜不到。於是她將手心裡的那隻手又抓得更緊了一點。

「怎麼啦？」似乎是察覺到了她的不安，季以傑問。

「沒什麼……只是覺得，你看起來好像很煩惱。」她說，雖然具體並不知道他究竟在煩惱些什麼。她猜測般地開口，「你在擔心安淇嗎？」

「說擔心是一定會的。」季以傑回答，「可是我相信她可以的，會好起來的。」

她沒答話，只是看著他堅定的眼神。明白簡安淇也將事實告訴他了。

「我能做的並不多，只能相信她。」他補充道，「別擔心了。」

曾惜認同地點點頭，的確，現在的他們真的什麼也做不了。

「只是……」他再次開口，「不知道為什麼……總有種不好的預感。」

「會沒事的。」

然後兩人都沒有再開口，只是牽著對方的手又緊了緊。

就在離家只剩幾個路口時，曾惜的手機響了起來。

看了一下來電顯示，發現是奶奶打來的，這時間奶奶應該在家裡準備晚飯了才對啊？曾惜滿懷疑問，卻還是接起了電話。

電話一接通，奶奶著急的聲音便從電話的另一頭傳了過來。

「小惜啊，以傑在妳旁邊嗎？」

聽見奶奶聲音如此急促，曾惜不禁跟著緊張起來，「對對，他在。奶奶您別著急，我快到了，發生了什麼事嗎？我現在立刻回去！」語畢，她掙脫開季以傑的手就要往家裡跑。

「別別別。」卻在聽見話筒那端傳來的阻擋聲而停下。「小惜，冷靜，奶奶沒事。」奶奶深呼吸了幾口，接著說，「以傑現在在妳旁邊我就放心了……以傑的父母回來了，說要帶他走。但以傑不能跟他們走呀，唉，這說來話長……總之，先從後門悄悄地把以傑帶回家裡，好嗎？千萬別被他們發現了。」

「好、好，我知道了。奶奶您放心吧。」

掛上電話後，曾惜抬起頭，望向一臉緊張又充滿疑問的季以傑。

「……你父母回來了。」

Chapter 3
延續青春的未完

曾惜不知道季以傑對自己的父母抱持著什麼樣的想法。

就像現在，他將臉埋在自已手中，雖然他人就坐在身旁，曾惜卻覺得現在的季以傑遙不可及。即便伸手就能觸摸，卻好像永遠都碰觸不及他的思緒。

現在的她，只能靜靜的坐在這裡。

「先喝杯茶吧。」奶奶從廚房端了兩杯茶出來，給了他們一人一杯。

這時候季以傑才抬起頭來，看著他微微泛紅的眼框，曾惜才發現，那個無論何時好像都會站在她身前為她擋風擋雨的人，也有極其脆弱的時刻。

「謝謝奶奶。」季以傑接過茶杯，啜了一口，試圖讓自己冷靜下來。

曾奶奶嘆了口氣，「其實奶奶也不知道，這些事情到底是告訴你好，還是不告訴你好。」她站了起來，先是走到門口，透過門上的小窗看了一下門外，然後才走回來繼續說：「奶奶想了很久，覺得以傑也長大了，應該可以自己決定了。

「所以接下來奶奶要跟你說的事情，你要聽好……」

※※※

事情發生在四年前，那時的季以傑才十四歲。

曾奶奶記得，他搬來這裡一陣子了。剛到這來的時候，曾奶奶第一眼看到他，不知怎的總覺得他很像一隻被拋棄的小狗，雖然以寵物比喻一個孩子實在不太妥當，但他那受傷的眼神，每每都讓曾奶奶覺得心疼至極。

而季奶奶總是在孫子出門上課後跑來找她聊天，她總愛問問曾奶奶有沒有什麼方法能讓自己的寶貝孫子敞開心房和他們說說話。身為一個退休教師的曾奶奶，再怎麼說也教育過無數的孩子，她知道，唯有時間跟關愛才能解決季家的問題。

後來，好不容易地，季奶奶終於突破了小孫子的心房。曾奶奶記得，那一天早上季奶奶來拜訪她時，那臉上的表情是一個樂的，只差沒有當場跳起舞來。

只是，開心幸福的日子並沒有持續太久。

過了兩三個月後，季奶奶再次滿臉憂愁地來找曾奶奶。不同的是，這一次的情形好像很嚴重，就連平時不太愛四處串門子的季爺爺也一起出現了。

以住在鄉下的老人家來說，曾奶奶算是受過教育、懂得很多的，老人家們有什麼疑難雜症，第一個就是會想到來拜訪她。

「和齡啊，我聽人家說，有人在台北看到我兒子媳婦了啊。」季奶奶叫了曾奶奶的名字，皺著眉頭、苦惱地說。

曾奶奶聽見這個消息，其實並不意外。她一開始就知道，季家的兒子是不可能逃出國的，他們動作的太晚了，大家都已經在找他們了，他們又能逃去哪裡。

逃得了一時，躲不了一世。

只是曾奶奶並不明白，季家這兩老怎麼看起來如此地煩憂？

「你們倆現在打算怎麼做？」她問，其實她也沒遇過這種情況，還是得照著對方的想法及行動給予意見。

寡言的季爺爺這時才終於開口，「其實我們也不知道該怎麼做……我只是，希望給以傑一個安穩的成長環境，不要再受他父母的影響……」

曾奶奶點點頭，的確，就她看來，這個孩子承受的已經夠多了，而且不能再更多了。

「我的兒子我太了解了，就算他有一天回來了，照他們夫妻倆那個樣子……以傑跟著他們也會有麻煩的。」季爺爺說著，嚴肅的臉上寫滿說不盡的煩憂。「我想找到他，幫他把錢還清，將他們送出國，只要他答應把孫子留在台灣給我們倆照顧……」

那天下午，季以傑還沒回家，他們便收拾收拾行李，刻不容緩地出發前往台北了。臨走之前，夫妻倆還特地再來和曾奶奶道別，告訴她他們此行不知道多久才會回來，希望在他們回來之前，幫忙照顧好孫子。而且先別告訴他，他們是去找他的爸爸媽媽。

曾奶奶點點頭，向他們夫妻保證，她會照顧好以傑的，並且請他們路上小心。

只是，當曾奶奶再次接到有關季家的消息時，就是來自醫院了……

「和齡，以傑就拜託妳了……」

「總之，奶奶覺得，以傑應該自己決定。」曾奶奶拉了張椅子坐在他們對面，「你爺爺幫你做的決定雖然有他的道理，可是這畢竟是你自己的人生。」

季以傑正想開口說話，玄關就傳來了敲門的聲音。

奶奶聽到聲音，連忙站了起來，將椅子拉回原位，對曾惜說：「把以傑帶回房間，快。」

曾惜點點頭，拉著季以傑就往樓上跑，同時不忘帶著他們的行李。

「呼。」當她關上房門時，曾惜真的覺得自己的腳都要軟了。

她靠在二樓房間的門板上，可以清楚的聽見來人是一男一女。不用想，曾惜大概也知道他們是誰。

※※※

季以傑則坐在房間的地板上，他低著頭，煩躁地抓了抓頭髮。

「好久沒聽見那兩個人的聲音了。」他說。聞言，曾惜蹲下身來，靠在他旁邊。

對季以傑來說，父母，早在他們拋下他離開的時候，就是一個不存在在他生命中的詞彙了。從以前他們住在一起的時候，父母因為工作忙，就沒花多少心思在他身上。要是他吵鬧，父母也不太會搭理他，甚至會把他關在家門外，等他自己安靜了才會放他進來。久了，他也就不吵了，因為那時的他、年幼的他，真的好害怕自己有一天真的會被丟在家門外。

他記得有一次，他的母親帶著他去動物園玩，那時他的年紀還很小，連幼稚園都還沒去過。在那裡，他吵著要買一個企鵝的玩偶，母親並沒有安慰正坐在地板上哭鬧的他、也沒有責罵他，反而什麼也沒說，就這樣把他丟在那兒，頭也不回的離開了。

後來，他其實也不記得自己是怎麼回到家的了。

小時候的他，甚至一直懷疑自己是不是父母撿來的，要不然他們怎麼都跟同學的父母不一樣呢？也許就是從那時候開始，也或許是更早之前，隨時可能會被丟棄的恐懼就已經深深地埋藏在他心中了。

所以，當年倒也不是說離開父母這件事對他來說有多麼不捨和難過，也許只是，一直深埋在記憶中的恐懼被實現了吧。

「我不想跟他們走。」季以傑說，雙手把玩著曾惜白皙的手指，將自己的思緒從遙遠的彼端給拉回。「對我來說，奶奶才是我的家人，妳也是。」語畢，他抬起頭來，眼神正巧撞進她的。

季以傑慢慢地向她靠近，曾惜閉上雙眼，屏住呼吸……

「他一定在您這，您別藏著他了，他是我們的兒子，我們有權利帶他回去。」

此時樓下傳來一個清晰可聞的低沉男聲，嚇了兩人一跳。根據聲音的大小來判斷，季以傑的父母已經進到家中來了。只是不知道這兩人，是不是真的確定季以傑就在屋內。

季以傑聽到後，停下靠近曾惜的動作，連忙站起身來就要跑下樓。

「你要幹嘛？」曾惜小聲地用氣音說，並且動作很快地穩穩抓住他的手，「你現在出去會被他們抓回去的。」

「我怕他們會傷害奶奶，不能因為我……」季以傑蹙著眉說，同時用沒被抓住的那隻手打算把她的手給拉開。

「他們不會傷害奶奶，他們要的只是你。」曾惜更用力地將他拉回來，用堅定的口吻試圖讓季以傑冷靜下來。她說，「況且，他們現在債務纏身，外面可能有很多人等著抓他們，說不定也被通緝了，要是奶奶報警了肯定對他們沒好處。」

「我跟你們說過了，他不在我這。」奶奶的聲音似乎有些生氣，這是曾惜第一次聽到一直以來都很溫柔地對待他人的奶奶這樣，「再這樣我要請你們離開了。」

「我們去家裡看過了，以傑的東西都還在家裡，那他肯定沒搬離這裡。我知道家父家母在世時和您十分要好，您真的不知道以傑上哪去了嗎？」季以傑的父親再次開口，「抱歉，我能體諒奶奶和我們家以傑有感情了，可能會不想把他還給我們，可是他畢竟是我們的兒子。」

「我再說最後一次，你們的孩子真的不在我家。他有時候的確會來我家吃飯，但已經好幾天沒來了，我也好幾天沒看見他了。」曾惜想，要是自己是奶奶的話，被兩個陌生人用這樣的態度對待，肯定會覺得很生氣。

「以傑那孩子就是頑皮，我想，他也許趁奶奶不注意時躲來你們家裡了。不如讓我們來找找看吧，奶奶？」一道輕柔的女聲響起，是季以傑的母親。雖然沒有看到她的人，但不知怎麼地，曾惜總覺得她不是個好相處的人。

「這個嘛……」奶奶顯然也不知道該如何是好，如果不答應，對方肯定會認為季以傑就藏身在此，到時候可能會更難打發他們。可如果答應了……

她擔憂地望了一眼通往二樓的樓梯。

「好吧，你們找。」最後奶奶嘆了口氣，還是答應了。

季家父母得到了許可，跟奶奶道了謝，開了家裡所有的門，就連廁所以及陽台都沒有放過，但卻都沒有發現季以傑的蹤影。

包括二樓曾惜的房間門。

他們本以為，自家的兒子就躲在這位老奶奶家中。沒想到事情竟然和他們所預料的不同，那麼他們的兒子究竟上哪去了？

季家父母沒想到的是，此時的曾惜和季以傑正躲在曾惜的衣櫃裡。

原先聽見奶奶答應讓季以傑的父母在家裡找人時，曾惜瞪大眼睛，想著到底該從窗戶逃跑還是把房門鎖起來。不過在她決定好對策之前並且付諸實行之前，季以傑就已經搶先一步摀住她的嘴把她拖進衣櫃裡。

曾惜一瞬間以為自己即將要成為凶案的被害者，明日社會新聞的頭條。

她坐在季以傑的雙 之間，後者摀住她嘴巴的力氣稍微減弱，怕弄傷她或讓她不舒服，但還是怕她忍不住發出聲音來而不敢放下。

季以傑將嘴湊到了她耳邊，用氣音噓了一聲。

然後輕輕捏起她的下巴，吻了上去……

確認季以傑的父母走遠後，奶奶在樓下朝二樓出聲喊了曾惜，要他們可以出來了。

果然跟她想的一樣，這兩個孩子會找到地方好好躲起來，不會被發現的……

曾惜倒是腦袋動得比身體快，向樓下應了聲好。可雖然嘴巴上答好，但身體卻無法動作。

她她她她、她剛剛是被強吻了嗎？曾惜的腦袋現在只有這個想法。

看著眼前的女孩的反應，季以傑實在是好氣又好笑。到底誰接吻後會有這種反應？好像他對她做了什麼不可告人壞事一樣。

「欸……你……」過了好幾分鐘，曾惜才慢慢地吐出這句話——也許還算不上是一句話，只是幾個單詞——她能清楚地感覺到自己的臉是漲紅的，偏偏那個罪魁禍首還是像個沒事人一樣悠悠哉哉。這讓她又氣又無奈。

「嗯？」兇手一派輕鬆地看著她。

曾惜搖搖頭，確認了自己在他面前通常只有被欺負的份。

「哎呀，我就知道你們會躲好的。」一下樓，奶奶就拍著胸口，一邊深呼吸一邊說。

「奶奶……」

季以傑出聲叫了她，奶奶沒等他說話，就搶先開口：「以傑，對不起啊，但奶奶後悔了，你可千萬別回他們那兒去。」奶奶生氣地拍了一下自己的手，一副恨不得去把那兩個人教訓一頓的樣子，「剛剛奶奶偷偷看到你父母的訊息，他們好像要把你給賣了……所以才擅自幫你決定不回去了……不過如果你想回去跟父母在一起，我現在就可以幫你聯絡他們……他們剛剛有留下聯絡方式給我……」

「賣了……」曾惜皺起好看的眉毛，這種事情她從來只在新聞上看見，不知道她周遭真的會有人想把自己的親骨肉給賣掉換錢。

季以傑揉了揉曾惜的小腦袋，安撫她。

「奶奶，我本來就沒想回去。」季以傑說，嘴角拉起的弧度不太像個微笑，卻能清楚感受到他情緒裡的複雜難解，「您跟曾惜才是我的家人，同時也是比起我父母更重要的存在。」

對季以傑來說，自從他的祖父母過世後，奶奶便成為了他唯一的家人。後來曾惜出現後，他曾經也將她視作家人，但不知怎麼地，時間越久，他越不明白，為什麼他對這個女孩，除了家人的情愫之外，還多了很多其他的，他也說不清的感情。

奶奶點點頭，露出了微笑，「奶奶跟小惜永遠是你的家人啊。」

曾惜聽著奶奶的這句話，心底卻又再次不自覺地泛起了異樣的情緒。她不知道，季以傑剛剛的親吻代表著什麼意思，她也不知道，如果自己是他的家人，那她還能夠喜歡他嗎？

「只不過……」奶奶又開口，才剛卸下憂愁的臉龐此刻又皺起眉頭。「我覺得你不能一直住在這裡，也不能回家了。照剛剛那個情況，你父母肯定不會這樣善罷甘休……」

奶奶話還沒說完，敲門的聲音再次響起。

這次不只是曾惜，所有人都嚇得不輕。不是才剛走，怎麼又跑回來了？

要是他們想仔細的搜查家裡，季以傑這次還真不知道他能跑哪去了。

「你們在這待著，我去看看。」奶奶皺著眉頭說，曾惜可以很明顯地感覺到，那兩人已經用光奶奶所有的耐性。

只是，當奶奶走過去打開門時，門外站著的那個人卻讓奶奶再次嚇了一大跳。

「媽，我回來了。」

「你要回來都不用先說的啊！」奶奶被自己的兒子嚇到，隨手抽起鞋櫃上的報紙捲成一捲就敲了他的腦袋一下，「想嚇死你媽嗎？」

曾奶奶只有在自家兒子面前才會露出這樣的一面。

「媽，妳幹嘛打我呀？」來人揉了揉被自己老母親打到的地方，委屈地說。

聽見玄關傳來的聲音，曾惜跑了出來，再看見玄關站著的那個高挺的人之後她馬上興奮地跑了過來。

「爸！」她像個孩子一樣地跳起來，又像無尾熊一樣地抱住眼前的男人。

季以傑跟在曾惜後面走了出來，看見她的反應，忍不住漾起微笑。雖然對方什麼也沒做，但季以傑可以很明顯地感覺到，對方是個真的很好的爸爸。這是他第一次看見曾惜這麼開心，彷彿什麼煩惱都沒有的樣子。

不過如果可以的話，他希望以後曾惜看見他也會有這樣的反應。

兒子回來後，奶奶將事情一五一十地告訴他。畢竟事情發展至此，已經不是她一個老人家有能力可以自己解決的了。要是季家父母又跑來，說實話，奶奶還真不知道自己是不是能像今天一樣保護好季以傑。

在奶奶講話時，季以傑也專心地觀察著坐在他對面的男子。男子戴著一個圓的細框眼鏡，梳了一個油頭，身上穿著的白色襯衫袖子稍微捲起，可以清楚地看見手臂的青筋跟手腕上的名錶，身上散發著淡淡的古龍水味。如果他不知道這就是曾惜的父親，季以傑可能會猜測眼前這個打扮時髦的男人其實是個只有三十歲的富二代。

「以傑，抱歉，你介意我這麼稱呼你嗎？」男人突然看向他，季以傑一個措手不及，不知道自己是不是被發現正在打量對方。

「不介意。」但他還是故作鎮定地答道。

「嗯……以傑，如果你不介意的話……要不要搬來和我一起住？」

季以傑露出困惑的表情，不甚明白曾惜父親所說的是什麼意思。

「你要搬回來了嗎？」不只季以傑，曾惜也一樣困惑。

她記得從以前開始，父親的工作就都很忙，除了平常上班及半夜突然的加班以外也時常到國外進行學術研究或是交流，總是幾個月才能見面個一次，後來曾惜上了高中，父親在國外的研究變成需要長住在國外時，甚至半年才會回家一趟，這也是她為什麼被托給奶奶照顧的原因。

「嗯，國外的研究提前告一段落了，接下來會有台灣的其他醫師飛過去接手。」男人點點頭，「所以如果學校方面沒什麼問題的話，我希望你們兩個都跟我一起搬回市區去。反正現在考完了，大家也差不多都要準備放長假了吧？」

接著他對曾惜露出了一個抱歉的表情，「對不起……女兒，害妳得一直適應新環境……」曾惜搖搖頭，對她來說，爸爸能回家來已經是十分幸運又難得的好事。如果季以傑也能一起來的話……那就更好了。

「以傑，你怎麼想？」曾爸爸再次將視線移回季以傑身上，後者臉上沒什麼表情，在他開口之前，曾惜幾乎無法判斷他會說些什麼。

「我如果跟著去了，會不會打擾到您跟曾惜？」

季以傑想，如果是以前的他，肯定會拒絕眼前這個男人的提議，寧願自己四處去流浪，也不想打擾人家。可是現在的他，有想要保護、想要待在一起的人。

為了她，他也必須改變，變成更好的人。

「說什麼打擾呢，真是。喔，一直忘了跟你自我介紹，我叫做曾文，是曾惜的父親。雖然大家都說看不出來，但我的職業其實是醫生……」曾文搔了搔頭，「其實我工作很忙，就算搬回來了也沒什麼時間能照顧曾惜。所以我想，若能讓你們倆彼此互相照應，我想對你們彼此也都是好的。以傑你就當作給叔叔聘用，我提供給你生活所需，你來當保母，這樣你覺得如何？」

季以傑瞥見曾惜聽見這句話的臉部反應，忍不住好笑。

原來是個需要保姆的寶寶。

這一天晚上，曾文霸佔了客房，原先打算和曾文一起睡在客房裡的季以傑，在打開門看見曾文已經呈現大字型躺在床上呼呼大睡便只能摸摸鼻子離開。

看看牆上的掛鐘，時間已經晚了，奶奶也睡著了，於是季以傑敲了敲曾惜的房門。

似乎對於他這個時間的來訪感到很奇怪，曾惜困惑地看著他：「怎麼了嗎？」

季以傑嘆口氣，「妳能借我一條毯子嗎？」

「毯子？你很冷嗎？」在他開口表明來意後，曾惜的表情顯然變得更加困惑。

「我打算睡在沙發，因為客房……有人睡了，我的其他衣服又都拿去洗了，想說妳能不能借我一條毯子。」他補充道。

她眨眨眼睛，「可是……我只有一條被子耶……而且，雖然現在天氣不冷，但你睡在沙發還是會感冒的！」曾惜認真地說，雖然醫生就在隔壁呼呼大睡，但是如果感冒了會很不舒服……還是不要感冒比較好吧……

「不然你跟我一起睡？」曾惜沒想那麼多，這樣提議。

一直到話說了出口，她看見季以傑的表情，才意識到自己說錯話了。

「呃，我是說，你可以睡在雙人床的另外一邊……」她急著想解釋，但對方顯然沒有要聽她解釋的意思，帶著迷樣的微笑就走進房間。

「打擾了。」他說。

曾惜撇撇嘴，將門關上，放棄越描越黑。

「你晚上就先睡那邊吧。」曾惜墊起腳尖，從櫃子深處找出一顆備用枕頭，她拍了拍包裝上的灰塵，然後拆開包裝，放在自己的枕頭旁邊。順便整了整被子，好讓季以傑不會因為被子都被她捲走而著涼。

季以傑坐在床上，沒有說話卻一直盯著她瞧。

曾惜被盯的奇怪，咕噥了幾句，也沒想反抗他什麼，就不理他的鑽進被窩裡面。坐在床上的那人看她這樣的反應，打從心底笑了出來，害羞的曾惜不知怎的竟然讓他覺得好可愛，還忍不住笑出聲。這樣的人，他從未遇見。

「喂。」他輕輕地拍拍縮在床邊的人，見對方沒有反應，季以傑小心地拉開她蓋在頭上的棉被一角。

卻看見已經沉沉睡去的曾惜。

他勾起嘴角，總覺得這個可愛的孩子最近似乎有變得越來越開朗、愛笑的趨勢。季以傑深深相信，總有一天他一定會讓她真的忘記以前所受過的所有傷，變回原來那個活潑的樣子。

隔天一早，也許是因為前一晚的折騰，曾惜並沒有聽見鬧鐘，而她的「枕邊人」也沒有聽見，同樣任憑鬧鐘的音樂播著，睡得很沉。

「小惜啊，今天不是要上課？怎麼還在睡……」奶奶正覺得奇怪，平時總是會提早起床陪她一起準備早餐、準備上學的孫女，今天她都已經煮好早餐了卻還沒看見她的人影，也沒看見另一個孩子，便爬上樓一探究竟。

當奶奶打開房門，看見房內的景象時，先是愣了一下，然後露出了微笑。

床上的女孩經過一晚的翻來覆去，不知為何鑽進去了男孩的懷裡，枕在他的手臂上，男孩的另一隻手則圈住了她脖子，手心碰著她的後腦。兩人輕輕地相擁在一起，加上窗外灑落的陽光，畫面好不溫馨。

奶奶站在那裡看了一會兒，不知怎的，奶奶已經可以想像她的小孫女跟這個男孩一起牽手走進禮堂的畫面。她想了一下，還是小心地關上門，決定讓兩人好好的睡一覺。這兩個孩子真的都辛苦了。她不奢求什麼，只希望接下來的日子他們都可以平平安安。

當曾惜睜開眼睛時，已經是早上十點。她揉揉眼睛，看著眼前的畫面，腦袋還沒搞清楚現在是怎麼一回事。頭上就先傳來一道聲音：「妳可終於醒啦？」

她反射性地推開這個跟她距離太過接近的人，一個不小心太過用力，又差點跌到床下，幸好被季以傑給及時抓住。

看著她這一連串的動作，季以傑那是又好氣又好笑。

他的心底，有些什麼正在悄悄崩塌，就連他自己也說不明白……

也許是因為大考已經結束，高三的學生們就如同脫韁野馬一般，對於準時上課是學生應盡的義務這件事似乎沒有概念，當他們倆來到教室時雖然已經接近中午時分，但尚未出現的人也佔了整個班級的大約一半左右。

老師也只是坐在講台上看著自己的書，完全不在乎台下的學生正在做什麼事。

曾惜一坐下，簡安淇便跑到她的桌子旁邊，「你們怎麼一起遲到了啊？太巧了吧。」

說話的人偷偷看了一眼季以傑，後者只是坐在位置上滑手機，看起來與世隔絕，很難想像他是一個剛剛遲到四個小時到學校的高中生。

曾惜笑了笑，沒有多作解釋。她不太確定昨天這些事情告訴簡安淇合不合適，更何況她自己其實也搞不太清楚她跟季以傑的關係：包括她對他到底是抱著怎樣的感情、昨天的一切是因為什麼、還有……季以傑對她有感情嗎？那種感情，又該怎麼被定義？她可以像以前喜歡周冠綸一樣地、那樣地喜歡季以傑嗎？

她怕是自己自作多情了，誠實的說，她不太確定現在的自己有沒有辦法，冒著受傷的風險再去奮不顧身。

不是因為受過傷就不敢再去相信，而是過去的傷害所結成的痂她沒辦法忘記。那種感覺並不是恨，而是這些事情已經成為現在的她的一部分，不是與生俱來，但無法割捨；不能說是難以忘懷，但卻難以抹滅。

是過去的一切造就現在的她。曾惜自己也清楚，她跟以前已經不一樣了。

沒看出她的心思，簡安淇只覺得這兩個人之間，多了很多她碰不著的祕密。但她不知道從何問起，也不知道自己有沒有立場可以問。

打斷簡安淇思緒的是林宇文的聲音，他背著書包走到了兩個人的身邊，「早安。」他說。

一直到他出聲，曾惜才注意到林宇文剛剛都不在教室。她以為林宇文身為模範生、學霸、班長，是那種不會遲到早退，認真的乖學生。

「你今天怎麼了？」簡安淇挑眉。從他倆認識到現在，如果林宇文身體不適要請假或是早退的話，她一定都是第一個知道的。唯獨今天，她到教室來時第二節的上課鐘聲都已經響了，卻沒有看見林宇文。

簡安淇曾經問過他，為什麼就算身體很不舒服，還是堅持給她打個電話跟她說他今天不會去學校。林宇文具體說了些什麼，時至今日，簡安淇早就已經忘記，唯有他那一句：「我怕妳找不到我會擔心。」她一直記得很清楚。她有印象林宇文說了很多，可她卻沒辦法從他的言語之中組織出他真正的意思。

「學務處剛剛要我過去。」林宇文答，他其實今天也是準時到校的，只是在路過學務處時，碰到了正巧要找他的學務主任，於是便被帶進辦公室，直到現在才回來。

「學務處？」就算得到解答了，簡安淇還是一臉困惑，學務處沒事找林宇文做什麼呢，這位資優生同學，除了領獎學金、獎狀、獎杯之外，應該是不會到那去才對啊。

林宇文給了她們一個微笑，「我有大學念了。」

「咦？」曾惜跟簡安淇異口同聲地表達疑惑，她們都記得，離放榜應該還有一段日子才對。

兩人的聲音吸引了季以傑的注意，他將視線從手機螢幕移到了三人身上，最後放下手機也靠了過來。

「學校將我的在校成績跟課外表現、大考成績送到國外申請大學，結果錄取了。」林宇文解釋著，臉上的喜悅和興奮雖然不明顯，但他們都知道：林宇文一直以來的努力，總算在今天有所收穫。

「好像很多知名的政治家以及企業家都是那間學校畢業的耶。」曾惜聽他說了學校的名字之後，不由得對林宇文萌生了一股敬佩之心，更何況他是這所高中創校幾十年來唯一一個錄取這所大學的人。

「是啊，可是因為我高中不是傳統名校的關係，大學方面擔心我的程度會不會跟不上大家，所以給我安排了大學學前課程，不去上還沒辦法正式錄取大學……」林宇文說，「而且課程還開在市區，根本不可能每天通勤，所以我可能還要回去跟父母再討論一下……」

曾惜心裡暗自希望著林宇文可以順利地去唸書，一來是因為機會難得，二來是因為，如果林宇文也一起離開這裡去到城市，那他們就不用分開了……

就不會有誰被留下。

「如果你有住宿方面的問題的話，你可以來跟我一起住。」簡安淇說，「那個女人有在醫院附近租了一間公寓給我，生活機能都還不錯，我們兩個人住也沒有問題的，還可以互相有個照應。」

說完她又惡狠狠遞補了一句：「你要是敢放棄這個大好機會你就死定了。」

林宇文給了她一個微笑，拍了拍她的肩膀，有著安撫她的意味。

而簡安淇口中的「那個女人」想必是指她的生母。

「那當然，我們終究會離開這裡的。」

不知道為什麼，當林宇文說出這句話時，幾人之間突然就瀰漫著一股感傷的氛圍。雖然不是一輩子再也不見，但是這裡的生活其實已經很習慣了，也突然不知道未來的自己會變成什麼樣子。

「那要不要一起埋一個時光膠囊啊？」簡安淇提起，「當作是紀念我們的高中生活？」

「好啊。」曾惜點點頭附和，「感覺很有趣。」

這時候一直沉默著的季以傑悄悄地拉了一下曾惜的手，對她使眼色，隨後走出教室。

曾惜見他就這樣走掉，不知道他是不是怎麼了，也急急忙忙地跟著離開。

留下站在原地的簡安淇和林宇文。

「你說會不會……跟我想的一樣啊？」簡安淇抿了抿嘴唇，臉上的表情很是凝重。事情好像在她沒注意到的時候，變得越來越超脫她的預想，到了她掌握不了的地步。

林宇文看了看離開的那兩人的背影，再看了看自己身旁的女孩，只說了一句：「也許吧。」

他眼中的情緒，誰也看不清。

跟著季以傑快步走出來的曾惜，只能一頭霧水地跟著他。剛剛季以傑的表情很嚴肅，曾惜不知道他是不是在生氣，應該是說，她一直以來都根本搞不清楚季以傑的想法。

總是這樣的啊，曾惜已經不知道，究竟是自己太不善於觀察、還是自己太不了解他，又或者他根本沒有想要讓她了解的意思。

季以傑一直走到離教室最遠的樓梯間才停下並且轉了過身，煞車不及的曾惜差點就一頭撞進他的懷中。她怯怯地抬頭看了一眼，經過這幾天的相處，曾惜總有種感覺，季以傑會摸摸她的髮絲輕聲地笑她笨。

可是他沒有，季以傑只是面無表情地看著她。

「怎麼了嗎？」她眨眨眼睛，真的想不出來自己是不是做錯了什麼？

「妳什麼時候要告訴他們我們要搬家的事情？」季以傑用力地抓了抓頭髮，這是他感到苦惱時的會有的小動作，「還有要怎麼說才好？」

曾惜不懂他的疑慮，「就老實跟他們說呀？他們也要搬家了啊，我們也不會散落在不同城市中，還是能見到彼此，應該還好吧？」

「我不想讓他們……應該是說，我不想讓簡安淇知道。」他說，「我怕她會想太多。」

「你說你父母的事情嗎？」不同於季以傑，曾惜覺得如果今天是自己的話，應該會選擇告訴簡安淇，當然也是會怕對方擔心，可是總覺得，是朋友的話，也許有對方陪著一起面對會比隱瞞一切真相還要來得好。

但季以傑點點頭，「嗯，包括我住在妳家，跟妳一起生活的事情。」

曾惜愣了愣，一時沒反應過來。這一瞬間，她的腦袋裡閃過了很多想法，包括那些最糟最糟的。是她自己自作多情了嗎？季以傑怕被簡安淇知道什麼、誤會什麼嗎？

曾惜以為，他是想和自己一起生活的。因為想和自己一起生活，所以才答應了自家父親的提議。可是，她不知道為什麼，季以傑希望這些事情不要被公開。

她的思緒很亂，一時也無法道盡，也推測不出對方的想法。

可是曾惜卻突然發現，會在意這些事情的她，似乎有點太過在意季以傑，到了超越朋友的地步……也許，可以說是喜歡了嗎……

而此時的季以傑當然不會知道曾惜腦袋裡的那些想法，對他來說，簡安淇是他很重要的朋友，他也知道簡安淇很在意他，又愛胡思亂想，有時候也會不跟他們討論就擅自做決定、擅自行動。

但如果可以的話，他寧願自己處理這些事情。他把簡安淇當成朋友，但要跟她解釋這一切又是另外一回事了。說好聽一點，是他不要讓她也淌這個渾水；說白一點，是怕她把事情越弄越麻煩。

對他來說，至少還有曾惜陪著自己，那就夠了。

「好。那看你要怎麼說、什麼時候，給你決定。」說完，曾惜就離開了。

留下季以傑站在原地呆愣著，他看不出來曾惜這樣的反應是不是不開心。

離開季以傑後，曾惜用力踏著樓梯往上走，不知道這樣的煩悶感該發洩到哪裡去才好：除了用力地跺著腳步，她實在也沒有別的辦法。她其實心裡明白，季以傑沒有做錯任何事情，他的確有權要求自己保守祕密。只是、只是……怎麼有種被欺騙感情了的錯覺？

曾惜現在只覺得，自己越想釐清思緒，越難以釐清思緒。

帶著些微憤怒的步伐，她走到了頂樓。曾惜推開頂樓的門，高處的風打在她的臉上吹亂了她的頭髮，卻多少吹散她的煩惱。

曾惜走到了欄杆旁邊，蹲在地上。她有一種想法，總覺得：季以傑牽了她、抱了她、吻了她，可是現在似乎不打算負責。

那她又能怎麼樣呢？

「妳蹲在這裡幹嘛！」把她從自我懷疑的漩渦中拉出來的是她再熟悉也不過的聲音，平常的話她應該會很開心，可是現在說真的，她還真不想聽見他的聲音。

曾惜嘆了口氣，再一次放棄糾結，決定走一步算一步。她慢悠悠地回過頭，只是她還沒反應過來，就已經被來人給拉離了地板。

「啊……」因為蹲太久而腳麻的曾惜，試圖要站起身卻又跌進季以傑的懷裡。

「妳蹲在這裡幹嘛？」他又問了一次，好看的眉頭緊緊地皺起，「很危險。」

「喔，沒有啦……就想事情而已。」曾惜搔搔頭，感覺到血液正在慢慢地都流回自己的下肢，她輕輕地推開季以傑，自己站好。

季以傑看著她，沉默了一會，不知道在想些什麼，最後只說：「回教室吧。」

很快地，林宇文的大學先修課程確定了下來、簡安淇的療程也確定了時間，至於季以傑則隨口以想要先去大學旁聽等等的理由告訴兩人他也會一同搬離這裡。而在某個週末，簡安淇便約了大家一起到學校來埋時光膠囊。

「那你也來跟我們一起住啊？」簡安淇在聽聞季以傑的說法後，眼睛一亮，這樣告訴他。

不知怎的，她心裡有某一部分認為：也許季以傑是為了她才打算也搬到城市去的。雖然、雖然她也知道……

然而他只是搖了搖頭，「我爺爺在那兒有一棟房子，我住那也離學校比較近。」

簡安淇雖然不是很開心，但還是點點頭。以她對季以傑的了解，不管她現在說什麼，對方都不會改變心意的。

曾惜在一旁聽著他們的對話，什麼沒說，只是面無表情的站在林宇文的身邊看著他尋找適合埋藏時光膠囊的地點。

「怎麼了嗎？」林宇文原先蹲在樹下，後來似乎是察覺到曾惜的不對勁，抬起頭來看著她。

曾惜被他這麼一問，嚇了一跳，趕緊擺擺手說沒事。

「那就好。」他對她笑了一下，而後拿起鏟子開始挖坑。

季以傑這時才靠了過來，曾惜一見他靠近便馬上退了一步拉開距離。季以傑皺起眉頭，自從那天在頂樓講話之後，曾惜就好像一直在躲著他：放學時他書包都還沒收好，她人就已經不見了；要上學時無論他多早起來在門口等她，也永遠都不會遇見；下課時更是躲到簡安淇身邊去，就算他反常地靠過去跟她倆講話也不太搭理。

他根本搞不清楚發生了什麼事！季以傑心裡猜測過千千萬萬種可能，卻無從確認，這種感覺他不喜歡。

「安淇，妳帶了什麼來呀？」曾惜當然不知道季以傑的想法，她只是還沒辦法好好面對季以傑，還沒辦法接受之前所發生的一切也許都只是她自己的自作多情。越靠近就會越投入，最後如果對方真如自己所猜測的那樣，只會越難過而已。

「欸？不告訴妳！」簡安淇把一個白色的紙袋抱在懷裡，「二十年後我們一起來把它挖出來的時候才會有驚喜感啊！」

「也是啦……」曾惜同意。

「挖這樣應該可以了吧？」林宇文的聲音從背後傳來，簡安淇這才放開紙袋拉著曾惜湊了過去。

「嗯嗯，應該夠了！」簡安淇拍拍林宇文的肩膀，「辛苦了，」然後再看向剛放下鏟子的季以傑，「你也是啊。」

「那我們猜拳決定誰要負責放東西吧！除了放東西的人，其他人都不能偷看！」簡安淇興奮地說著。

「剪刀、石頭、布！」

原本以為要猜出勝利者需要一段時間的四人，在第一局就分出了勝負。

季以傑面無表情地贏得了勝利。

「都拿來吧。」他伸出手，接過了簡安淇的袋子，簡安淇把袋子交給季以傑之後只說她要去打個電話，就走到了遠方坐著。林宇文則將東西神祕兮兮地塞進了季以傑的手心裡，然後撿起兩把鏟子要拿去還給工友伯伯。

兩人都走遠之後，季以傑低頭看著眼前的女孩，希望她能跟他說點什麼。但曾惜只是從口袋裡拿出一個精緻的小盒子交到他的手中就離開了。

看著她走遠的背影，在低頭看看他手中的盒子，他心裡不禁湧起一股異樣的情緒。他認得這個盒子，那是他送給曾惜的生日禮物，那條項鍊。

季以傑蹲下身，打開了簡安淇的紙袋，裡面裝著的東西他也不陌生——也是他送給她的小熊玩偶。看見兩個自己送的禮物要被埋進洞裡，季以傑實在不知道到底該哭還是該笑。至於林宇文要放的東西，在他接過時就已經透過觸感知道，那是一條從吉他上換下來的舊弦。

他將東西一一放入一個喜餅盒子裡，然後停下了動作。季以傑將原本要放入時光膠囊的卡片再次收進口袋，他解下了脖子上的項鍊，半是賭氣、半是想要陪伴地也將它放入盒子裡。

季以傑將盒子埋進去後，看著遠方三人坐在一塊聊天的情景，忽地有些傷感。

「欸季以傑。」待他走近之後，簡安淇叫他。白皙的臉上泛著幾絲尷尬與紅潤，但季以傑選擇忽略她的異樣，「幹嘛？」

「曾惜也要跟我們一起搬家耶，你知道嗎？」簡安淇開心地說著，雖然季以傑不知道曾惜是怎麼說的，不過看這情況想必也是幫他一同隱瞞簡安淇了。

他瞥了曾惜一眼，後者刻意地別過頭。

而林宇文站在一旁將這一切看在眼裡，只是對著季以傑露出意味深長的微笑，這讓季以傑很想找他問個清楚，他有時候覺得好像什麼事都逃不過林宇文的雙眼。

「我不知道。」季以傑回答，平靜的表情看起來一點都不會讓人起疑。

離開校園後，簡安淇跟曾惜走在前頭討論著好久不見的都市裡開了什麼新的店，她們搬家之後可以去哪裡逛街。兩個女生嘰嘰喳喳討論的背影看起來很興奮，走在後頭的某人可一點也興奮不起來，心想他的，不對，不是他的，曾惜到底是不是在生氣他……

「吵架啦？」林宇文用只有他倆聽得見的音量問，眉眼帶笑，讓季以傑忍不住燃起一把無名火，想把他掐死。

「沒有。」他嘴硬的說著，但心裡其實知道也許拉下臉來問問林宇文就能得到解答。

聽見季以傑口是心非的回答，林宇文則是一點也不意外，自顧自地繼續說著：「你上次跟我說你要跟曾惜一起住，卻不讓我跟安淇說……該不會是因為這件事吵架吧？」

「我們沒有吵架。」季以傑答，他的確沒有說謊，嚴格來說只是曾惜單方面不理他而已。

林宇文瞭然地點點頭，但其實對他來說季以傑的答案根本就不重要，不管他如何否認，林宇文根據他認識季以傑多年的經驗都知道其中的意思。

「你是不是對曾惜做了什麼啊？」林宇文問，換來季以傑的狠瞪，「我是能做什麼？」

他再一次忽略對方的答案，並且拍了拍他的肩：「你喜歡人家就別把人家當成地下情人啊，這樣我們曾惜會覺得你只是在玩人家喔。」

季以傑皺起眉頭，他沒有想過要把曾惜當成什麼地下情人，更沒有要玩弄她的感情……曾惜真的會這樣以為嗎？

但季以傑還來不及提出其他問題，他們就來到了岔路口。林宇文邁開長腿走到了簡安淇身邊和他道別，並用嘴型告訴他：「加油。」就無情地和簡安淇並肩離開了。

回家的路上又只剩下他和曾惜，曾惜走在前方，沒有要停下來等他的意思。其實曾惜心裡也不好過，她最近發現自己真的很在乎季以傑，但不知道要如何面對他。她不知道，要怎麼在經歷過那麼多、又不小心放進去那麼多感情之後還若無其事的跟季以傑相處，特別是在一切都似乎只是她一廂情願的情況下。

「喂。」季以傑在後面喚著她，曾惜嘆了口氣，還是停下腳步回過頭。

見眼前人終於像是有要搭理他的意思，季以傑趕緊小跑步上前去。

「妳最近是怎麼了啊？」像是怕曾惜跑掉一般，季以傑拉住她纖細的臂膀，力道沒有弄疼她，但也不容她逃跑。

曾惜擠出一個微笑，「沒有啊，怎麼了嗎？」

季以傑沒有回答，只是看著她，顯然是不接受「沒有啊」這種明顯就是在說謊的說法。

「是我自己的問題啦……對不起。」曾惜小聲地說，其實她還是對季以傑有些抱歉的。說不定對方對她也沒有「那個意思」，就是她自己想太多了。不但誤會人家，而且還因為自己不知道怎麼面對人家，就不理他。

季以傑好看的臉上不再面無表情，他皺起眉頭，說：「我沒有那個意思，對不起，讓妳誤會了。」他想起林宇文剛剛告訴他的話，忽然覺得事情好像又再一次被林宇文那傢伙給說中了，曾惜真的自己在胡思亂想。

「嗯，我知道了。」她點點頭，將自己的胳膊從他手中拉出來，「我們回家吧。」

殊不知季以傑的話聽在曾惜耳裡，是截然不同的意思……

季以傑不知道他這樣說是不是真的有把誤會解開。雖然曾惜不再躲他了，但他總是覺得自己和曾惜不知怎的，總是隔著一股莫名的疏離感。

而曾惜在聽聞季以傑說自己「沒有那個意思」時，只覺得自己果然誤會了……季以傑果真如他猜測的一樣沒有喜歡她，是她自己腦補的太多……

「妳這箱東西也要搬過去嗎？」季以傑站在曾惜空蕩蕩的房間裡，問。

「噢，這箱放在這裡就好，謝謝。」她蹲在衣櫃前面，將衣服一件件摺好收進箱子裡，說話時並沒有停下手邊的動作，只是轉過來瞥了他所指的箱子一眼。

這種令人煩悶的疏離感讓季以傑用力地抓了抓頭髮，他想說點什麼打破這樣的局面，卻不知道該說些什麼好。

「小惜！東西都收好了嗎？我們要準備出發了喔！」此時的曾惜爸打開了房門，他從外頭探出頭來，「哦，以傑！你也在這啊！你的東西都搬上搬家公司的貨車了嗎？」

季以傑點點頭，「都搬好了。」

「那就好。」曾文又吩咐了幾句便匆匆忙忙地又跑下樓張羅。

簡安淇和林宇文在埋完時光膠囊的幾天後便一同先搬家了，季以傑和曾惜則是等到今天曾文好不容易從忙碌的工作中抽身才要出發。

「我先下去等妳。」季以傑說完便離開房間，他暫時還想不到要怎麼讓他倆恢復成以前那樣，嚴格說起來他也不知道曾惜現在是怎麼想的、也不知道要怎麼開口問。

曾惜等到聽見季以傑下樓的腳步聲後才抬起頭來望著房門口，如果可以的話她也不願意這樣，只是若不把自己跟季以傑之間的距離拉開，她想，她恐怕只會越來越喜歡他。

也讓他越來越困擾吧。

雖然對季以傑感到很抱歉，但曾惜想，自己只能等到真的能夠不在意他了，才能跟他一樣若無其事、像以前一樣吧。

思及此，曾惜嘆了口氣，把最後一件衣服塞進箱子裡。她搬起箱子，因為身高的關係看不著腳下的路，一個踉蹌差點連著箱子一起滾下樓。

而季以傑此時正巧從樓下要走上來，看見這一幕的他心臟頓時停了幾秒，趕緊衝上去要扶住曾惜，只是在他伸出手之前曾惜便已經自己站穩。

雙手懸在空中的情況讓季以傑有些尷尬，不過不出幾秒的時間，季以傑便順勢將曾惜手中的箱子接過來。

「沒關係我自己拿就好了……」曾惜伸出手想阻止，但季以傑憑著身高優勢阻擋了她的動作，像是什麼都沒聽到一樣逕自走下樓。

曾惜跟著季以傑下樓，環顧四周發現所有東西都已經被搬上了貨車，就連奶奶都已經站在門外的車窗旁邊和父親交代事情。

看見曾惜走了出來，奶奶用力地抱了曾惜一下，並要她好好照顧自己，也好好照顧季以傑，有空的話要常常回來看看她老人家。曾惜也用力地點頭應好，比起父親，曾惜更覺得奶奶是她最親密的家人，要離開奶奶這件事讓她覺得特別想哭。

忍住快要滴出來的眼淚，曾惜坐進了副駕駛座，和奶奶揮手道別。在半年之前，她是帶著複雜的心情來到這裡的，那時候的她內心傷痕累累，有時候覺得很孤單、很想大哭一場。

但如今，她覺得自己已經變成了更好的人，心裡雖然還是有傷口，但曾惜能清楚的感受到它們正在慢慢癒合，因為現在的她除了有愛她的家人以外，還有幾個知心的朋友，還有……季以傑，那個既像家人，對她來說又不只是家人的少年。

載著兩人的曾文一到目的地，便接起從半路就開始響個不停、但他沒辦法一邊開車一邊接聽的電話，然後語帶抱歉地跟曾惜還有季以傑說他臨時有一台刀要開，可能要先趕去醫院一趟。

「爸，沒關係，你趕快去吧。」曾惜說，接過曾文手上的一副新鑰匙，交給季以傑後，自己搬起了剛剛放上車的一箱東西。

聽到女兒答覆的曾文點了點頭，匆匆忙忙地和他們道別之後便開著車揚長而去。

看著父親快速消失的車尾燈，曾惜嘆了口氣，走進大樓裡。她記得她曾經要父親別再那麼忙於工作，也應該留一點他自己，不過那時候的曾文只是拍了拍她的肩，用十足戲劇化的語氣跟她說：「病人需要他們的曾醫師。」

和季以傑既沉默又尷尬的到了家門，曾惜將箱子先放在地上，從背包深處掏出了許久沒有使用的鑰匙，開了門率先走進去。

這裡對她來說十分熟悉，但又有些陌生。在因為父親決定長住在國外的關係，而搬去和奶奶一起住之前她通常一個人在家。母親早在她國中時就離家出走了，父親雖然在同一座城市裡工作，也很少在家。後來她聽父親說他和母親離婚了，但她一直沒有仔細地問過父親是怎麼回事。

曾惜環顧四周，沒有看見他們交給搬家公司搬來的東西，於是便領著季以傑到客房去。進到客房後她才發現他們的東西早就被搬家公司給搬進房間裡了。

一開始得知父親要請搬家公司幫她和季以傑搬家時曾惜還有點「殺雞焉用牛刀」的感覺，現在才發現原來曾醫師所追求的是搬家公司的效率，就和他自己在工作時一樣。可她又忍不住想，像他這樣追求效率的人，怎麼還總是讓她覺得他的事情都做不完。

嘆了口氣，曾惜明白自己怎麼想都得不到解答，她已經好奇父親為何那麼忙這個問題一輩子了，久到都已經習慣了，甚至現在能「經常」看見父親，她都覺得自己幸福的很像在作夢。

回過神來後，曾惜發現季以傑正在盯著她看。被看得莫名的曾惜趕緊低下頭，丟下一句：「我去房間收拾東西。」就離開了季以傑的房間，還順手帶上了門。

看著被關起來的房門，季以傑走了過去打開它。他抿了抿唇，想叫住曾惜並說些什麼，但終究還是沒有追出去。

曾惜回到自己的房間，裡頭的東西還是跟她離開的時候一模一樣，甚至沒有沾上一點灰塵，她想父親大概是有定期請人來打掃家裡吧。

她拉開窗簾，原先是期待會有夕陽照進來，不料窗外正下著滂沱大雨，還伴隨著閃電，讓她心慌了一下。

曾惜打開了最上面的箱子，但就在此時突然啪的一聲，室內陷入一片黑暗。

突如其來的黑暗讓她蹲下身並且抱住自己的頭，忍不住瑟瑟發抖，好像有什麼怪獸正在接近她一樣。她知道自己怕黑：雖然理智上她也清楚地知道這沒什麼好害怕的，但身體就是沒有辦法控制。正當她不知如何是好時，房門突然被打開，嚇得曾惜忍不住驚叫出聲。

「不要怕，是我。」季以傑連忙蹲下，靠在曾惜身旁輕輕的扶著她的手臂安撫她。

剛剛一停電，季以傑馬上想起曾惜第一次到他家的時候：那時候的她在黑暗中抓他抓得很緊，感覺非常害怕。他猜想曾惜應該是怕黑，雖然沒有問過她，但他不想要有讓她獨自害怕的可能，就算只有一點點也不行。

「嗚……」曾惜發出如小貓一般的聲音，讓原本想起身去找手電筒的季以傑打消了念頭，乾脆坐了下來，並把她拉進自己的懷裡。

窩在他懷裡的曾惜感覺沒有那麼害怕了，甚至也不再發抖、呼吸變得平緩，這樣的反應讓季以傑有些開心，那是不是代表他還是能帶給曾惜安全感的？

季以傑像是在哄小嬰兒睡覺一樣輕輕地、規律地拍著曾惜的背，要她別怕了。

過了好一陣子，曾惜才緩緩從他的胸口抬起頭來看著他，季以傑還能隱約看見她眼角尚未完全乾掉的眼淚，除了湧起一股心疼之外，他也不免開始好奇到底是什麼原因讓她對於黑暗有如此的恐懼。

「抱歉，我、我沒事了。」曾惜吸了吸鼻子，雙手輕輕推了他一下，準備起身從季以傑的懷裡出來。但季以傑的環抱著她的雙手緊了緊，不讓她離開。

曾惜疑惑地看著他，季以傑被她看得緊張，深呼吸一口氣，問：「妳怎麼了？」

「沒事呀。」她說，卻心虛的低下頭。

決心不要再讓這種莫名的尷尬橫跨在兩人之間，他用不容反抗的力氣將曾惜的下巴抬了起來，並且小心地不弄痛她，「妳怎麼了？」季以傑重複，語氣堅定。

「我……」曾惜皺起眉頭，不知道要如何開口。

她總不能直接告訴季以傑她可能有點、有點喜歡他吧……對方都已經說他「不是那個意思」了，她還這樣講豈不是造成人家的麻煩跟困擾？

「妳？」順著曾惜的話，季以傑問。

「我怕造成你的困擾。」

「什麼困擾？」季以傑這下真可說是越問越曚了，他完全沒有覺得曾惜造成他的困擾過，更不知道自己做了什麼讓她誤會了。

「就、就是……」曾惜知道，今天如果她不把話說清楚，季以傑是不會就這樣善罷甘休的，於是她心一橫，閉上眼睛乾脆把話說清楚：「我怕你對我那麼好我會越來越喜歡你，到時候你會很困擾。」只是現在也好像已經滿喜歡的了。

曾惜一說完就開始後悔了，雖然她沒有把最後一句也說出來，但也夠了。她掙脫季以傑抓著她下巴的手，將自己的頭再次埋進雙腿之間，雙手摀著耳朵深怕聽到季以傑的答覆。

看著曾惜這一連串的動作，季以傑忍不住笑了出來，但他隨即收起笑意，拍了拍曾惜的肩膀，後者慢吞吞地抬起頭、怯生生地看著他。季以傑示意她把手放下，曾惜猶豫了一下，才將手給放下。
「那樣有什麼不好嗎？」季以傑問，雖然心裡聽到曾惜這樣說開心的不行，但他還是想搞清出曾惜的小腦袋瓜到底都在想些什麼。
聽到季以傑如此反問的曾惜也忍不住慌了，這不是她所預想的反應。
「你對我『沒有那個意思』，我這樣不是造成你的困擾了嗎？」她說，聲音隨著她的不確定而越來越細碎。
而此刻的季以傑才恍然大悟，原來他說的「那個意思」被誤會了！
「妳誤會什麼了吧。」他說，有點無奈又覺得有點好笑，「我所謂的『沒有那個意思』是說我不想……呃……總之就是，我並沒有要玩弄妳的意思，我也不介意妳喜歡我。」季以傑總覺得自己在面對曾惜的時候時常喪失語彙能力，他想，如果今天是林宇文的話，他肯定不會把情況弄成像他現在這樣。
「咦？」發現又是一場誤會的曾惜睜大雙眼，她沒想到最後的結果還是她誤會人家了，只不過是誤會另外一件事情……她除了覺得很不好意思，還有種想要挖個洞鑽進去的感覺……
除此之外，曾惜還想接下去問，所以她可以喜歡他嗎？所以他也有喜歡她嗎？但才正準備要開口她就把到嘴邊的話又吞了回去，因為她突然發現，這些問題是不管她如何問，季以傑都不可能直白地告訴她的。
「沒事。」於是她搖了搖頭，「對不起，誤會你了。」

「下次，就直接說吧。不然我還得猜妳怎麼了，也很麻煩。」季以傑說，撇過了頭。雖然開心，但還是很口是心非地嫌曾惜麻煩。

隔天一早曾惜就從房門外喊季以傑，被她的叫喊給驚醒的季以傑睡眼惺忪地開了房門。他一開門，便看見曾惜已經整裝完畢，看起來像是要出門了。

「啊……抱歉，我不知道你還沒起床。我是要跟你說我有準備早餐，在桌上，等等你可以自己熱來吃。另外一份是爸的，他昨天似乎忙到很晚才回家，應該不會那麼早起床，除非又有工作。」曾惜指了指自己身後的餐桌，桌上放了幾個三明治。

「妳要去哪？」季以傑問。

曾惜哦了一聲，這才想到：「忘記跟你說我跟國中同學約好要回學校去找老師，應該會一起吃午餐，你就不用等我了。」

季以傑點點頭，打消了想跟她一起出門的主意。

和她道別以後，季以傑也沒有了睡意，他替曾惜關上大門後走回廚房的餐桌前，看著曾惜替他準備的早餐，有一股奇異的感覺正在搔癢著他的內心。他拿了一塊，正準備坐下來吃早餐時，樓上就傳來了腳步聲。

「嗯？以傑？怎麼只有你？曾惜跑哪去了？」穿著成套睡衣，頭髮有些凌亂的曾文站在樓梯口問，季以傑突然有些好奇曾文到底有沒有睡覺，還是其實只是換上了睡衣？

「她出門去找國中同學了。」季以傑放下早餐，起身又拿了一個盤子給慢慢走下樓梯的曾文。

曾文接過盤子後跟他道謝，順口問了他喝不喝咖啡。在得到否定的答案之後，曾文嘆了口氣：「本來想說今天可以跟你們吃一頓早餐的。」

「叔叔您工作好像真的很忙。」季以傑幾乎是肯定的說。

「是啊，忙到都沒時間好好照顧我女兒。我還記得她小時候才那麼一小隻，後來在我不注意的時候，她就已經變成現在這麼大一個了。有時候我會有點後悔，沒能在她還小的時候好好陪陪她……那時候也沒想過她的母親會變成那樣……」曾文一邊沖著咖啡一邊嘆氣，也不知道究竟是在跟季以傑說話還是只是在自言自語。

不過這倒是激起了季以傑的好奇心，關於曾惜的母親，他只知道她和曾文離婚了而已，現在聽曾文這麼說，事情似乎不只是離婚這麼簡單。

「變成那樣？」季以傑順著曾文的話問，深怕讓曾文覺得被冒犯。

不過曾文顯然不是那種會在乎這點小事的人，他點點頭，「其實也不能算是她媽媽的錯，也要怪我，是因為我太忙了，所以讓她媽媽很沒有安全感。以前曾惜還小的時候，她媽媽就常常自己跑出門找男朋友，把她一個人留在家……我們夫妻也常常為了這件事情爭吵，但每次她媽媽都說下次不會了，結果下次還是這樣……總之，情況算是滿複雜的。噢對了，忘記跟你說，她媽媽在我們還沒離婚之前就在外面交了男朋友了，不過我也是後來才知道這件事。」曾文乾笑著，他搔搔後腦，最後似乎對於提起這段往事也頗難為情，「我實在不能算是一個合格的爸爸。」

但季以傑聽完曾文一席話後，只是搖了搖頭。雖然曾文是沒有留時間給他的妻小沒錯，但是季以傑並不覺得一切是他的不對，反倒對於曾惜的母親，他非常無法理解她將年幼的孩子獨自一人都在家裡的行為。雖然缺乏丈夫的關心與陪伴，可無論如何孩子都是無辜的啊……也許就是如曾文所說的，情況很複雜，不是當事者根本沒辦法涉入其中去評斷吧。

「那叔叔，我能再請教您一個問題嗎？」季以傑想起昨天，曾惜縮在他懷裡啜泣的樣子，他覺得那不像是他的曾惜會出現的反應，除非……是她對於「黑」有什麼特別的恐懼。

曾文點點頭後，他問道：「曾惜會這麼怕黑是不是有什麼特別的原因？」

聽到這個問題的曾文先是眨了眨眼，然後皺起眉頭，有些猶豫的開口：「我想……應該也跟她媽媽有關係……雖然不清楚頻率，但我有一次出差回來的時候發現她媽媽把她關在衣櫃，然後把她一個人丟在家裡。那時候時間很晚了，我把她抱出來的時候她已經哭到睡著了……那一次我跟她媽媽大吵了一架，我也是那時候才發現情況比我想像的還要嚴重……」

季以傑點了點頭，匆匆吃完忽然覺得無味的早餐，便和曾文道別回房間裡去了。

他的心情很複雜，他不知道曾惜曾經遭遇過的種種，也不敢想像曾惜是如何才能走到今天的。他曾經怨恨過他的父母將他丟下，也有些羨慕曾惜有那樣好的奶奶，卻沒想過她的童年同樣讓人難過。季以傑覺得自己對於曾惜地了解實在是太少了，這樣子的他怎麼好意思說想要保護她呢？

他用力地抓了抓頭髮，懷著這樣複雜的情緒，季以傑躺在床上再次沉沉睡去。

曾惜回家後發現家裡空無一人，而桌上她準備好的早餐都已經消失了。她看了一下玄關，父親常穿去上班的鞋不在，心想父親大概是吃完早餐又馬不停蹄地出去工作了。

她將東西放回房間，然後看見季以傑半掩的房門裡頭透出燈光。

「欸，季……」曾惜推開房門，才發現季以傑原來是開著燈睡著了。她忍不住好笑，難以想像季以傑會開著燈睡著。

曾惜放輕腳步走進房間裡，想幫他關上燈，但她才走沒幾步，趴在床上的那人就再次被她給驚醒。

「妳回來了啊。」季以傑用手撐著身體坐了起來，他揉了揉眼睛，有點恍惚地看著曾惜。

曾惜懸在半空的手僵在原處，對於今天第二次吵醒他感到有點抱歉，但又覺得剛睡醒有些呆滯的季以傑有種說不出是哪裡可愛的可愛感。

「對啊，抱歉我只是想說要幫你關燈……」曾惜搔搔頭，見他還在恍神也沒什麼反應，便在他的床沿坐了下來。

季以傑搖了搖頭，「現在幾點？」他問，因為窗簾拉起來的關係，他完全沒有概念自己睡了多久、現在是什麼時刻。

「三點多了。」曾惜笑說。說實話，她很想把季以傑現在的狀態給錄影存檔。

不過季以傑這樣子的狀態並沒有持續很久，他抹了把臉、把頭髮稍微整理好，「妳有想要去哪裡逛逛嗎？」都市的生活和鄉下不同，他們現在有更多地方可以去走走逛逛，看看其他新奇的事物。季以傑為此感到滿開心的，他很喜歡帶著喜歡的人去他們都沒去過的地方。

曾惜點點頭，「我剛剛收到安淇的簡訊，她說醫師之前幫她做過初步檢查了，接下來會住進醫院，安排做其他更詳細的檢查，看是不是需要開刀還是需要什麼治療。我想說我們是不是可以去看看她的情況？」

季以傑點開手機裡的通訊軟體，其實簡安淇昨天就跟他說了，只是因為沒什麼時間，他遲遲沒有點開來讀。

「好。」他將訊息刪除，站了起來。

季以傑快速換好衣服，便和曾惜一同前往醫院。他很久沒有到城市裡頭，車水馬龍的景象他看得不太習慣，人群的嘈雜也讓他忍不住皺起眉頭。

曾惜領著他走到捷運站，季以傑想起自己上次搭捷運的時候似乎還是跟父母一起，轉眼間日子就這樣過去了，他也已經找到一個可以讓他好好牽著的人。

「這邊，搭五站就到了。」曾惜拉著他站到月台邊等車，季以傑把她的手抓下來牽好。曾惜有點反應不過來，愣愣地盯著他看，季以傑索性裝作沒事回頭看了一下後頭排隊的人龍。

看了一下下一班捷運還要五分鐘才會進站，他不由得感歎起這個城鄉差距。

車廂裡的人比季以傑想像的還要多，他順手將曾惜拉到角落，並且伸出手為她隔出了一個小空間。注意到他的小動作，曾惜忍不住笑了出來。

無視曾惜的反應，季以傑撇過頭看向遠方。

醫院其實就在捷運站的出口，所以兩人一下車也沒花太多時間就抵達了醫院。

「爸爸也在這裡工作。」曾惜說，四處張望著看是不是能順便遇到父親。

季以傑點點頭，跟在曾惜後面往簡安淇的病房移動，手還是緊緊地牽著她。

「這裡。」曾惜在頂樓的獨立病房停下腳步。方才他們要上樓時還得先登記換證，相較於一般病房，這裡除了裝潢高級許多之外，戒備也是十分森嚴。

她曾聽父親說過許多政商名流都會選擇住在這種病房，簡安淇也住在這，曾惜想，大概是因為她那個紅透半邊天的母親吧。

「你先進去吧。」曾惜鬆開了手，她想起季以傑之前說過他不希望讓簡安淇知道他們住在一起的事情。

但季以傑並沒有放開她的手，反倒是直接推開了病房的門。

「你怎麼來了？」季以傑一推開門，就聽見簡安淇驚喜的聲音，「我才想說你怎麼到現在都還沒回我昨天的訊息，我還以為你昨天收到訊息就會來探望我呢……」

他還沒來得及回覆簡安淇的問題，就感覺到手心一空，原來是曾惜趁著他被轉移注意力時將手給抽了回去。

「噢，曾惜？妳怎麼也來啦？」看到曾惜也一起出現的簡安淇愣了一下。

跟著季以傑走進病房的曾惜忽然有種自己來錯了地方的感覺，她應該讓季以傑跟簡安淇獨處才對，感覺上簡安淇似乎有很多話想要單獨對他說。而且簡安淇似乎是昨天就聯繫季以傑了，曾惜猜想，她應該就是希望昨天就能有時間和他獨處吧。

「來看看妳的情況啊，妳還好嗎？」雖然心裡有這些想法，但曾惜還是微笑著問。

「目前看來應該是腫瘤的關係，雖然之前就知道有腫瘤，不過沒有想過可能會是腫瘤壓迫到神經的狀況……」簡安淇說，她苦笑著，「至於腫瘤有沒有惡化，還得等檢查後才能知道。」

簡安淇一邊說，一邊低著頭玩著自己的手指，眼角餘光望見季以傑正在搬椅子過來給曾惜坐。她有時候會想，為什麼今天生病躺在病床上的人會是自己呢？

「妳一定會沒事的！」曾惜說，她也是這麼相信著的。

簡安淇抬起頭來，曾惜覺得她眼中有著她摸不透的情緒，「嗯，我也覺得。」她說，同樣勉強地扯開一個微笑，曾惜想，雖然簡安淇向來是個勇敢的女孩，但無論今天是誰，都會感到很害怕的吧。

「喔對了，林宇文應該也快下課了。」簡安淇看了一下病房裡的時鐘，「他等等就來了。」

簡安淇話音剛落，曾惜便站了起來，「我突然想到有事情要去找我爸爸一下，我先離開一會，等等再過來。」說完，她火速背上包包走出病房。

從進到病房後一直在偷看她的季以傑被她的動作給嚇了一跳，他原先將簡安淇的訊息刪掉就是怕萬一曾惜看到了之後會胡思亂想，覺得簡安淇不重視她等等，誰知道才剛踏進病房……

季以傑想起他們出去旅遊回來的那一天，簡安淇因為哭泣而佈滿著血絲的眼睛那樣盯著他，她問：「季以傑，你喜歡曾惜嗎？」直到那時季以傑才發現原來簡安淇一直都不是和林宇文互相喜歡的，他一面討厭著自己的遲鈍，一面也無法忽視自己對於曾惜的喜歡。

那一天他什麼也沒說，只是順著感覺點了點頭。

「我去看看她。」季以傑抿了抿唇，也站起身，他無法回應簡安淇的喜歡，而他也了解簡安淇的個性。現在的他唯一能做的，只有盡量不給簡安淇希望而已，雖然很抱歉，但他做什麼都無法改變現況。

「季以傑！你可不可以多關心我一點？」簡安淇伸出手，抓住了季以傑，和那天一樣，因為難過而佈滿血絲的雙眼那樣盯著他，「自從曾惜出現，不，自從你喜歡上曾惜之後，你有看過我一眼嗎？」說到這裡，簡安淇倔強的臉龐流下了一行淚珠，季以傑看著她，不知如何是好。

「我沒有不關心妳。」沉默了許久，他回答。而這也是實話，季以傑從來沒有不關心她過，只是他一直都是用自己的方法在關心她。

「你沒有不關心我？」簡安淇反問，她深呼吸一口，「每次、每次只要我生氣、難過，你都把我丟給林宇文，你從來沒有安撫過我！」

聽到簡安淇這樣說，季以傑本來想說些什麼，但最終也只能點點頭，同意她的說法。他一直以來都認為，林宇文是拿她最有辦法的人，她在生氣的時候，也只有林宇文有辦法解決。也就是因為這樣，他才從來沒有插手管這些事情。

「我那麼喜歡你……」簡安淇的眼淚再也止不住，她像個孩子一樣哭了出聲，卻還是緊緊抓著季以傑，「為什麼……」

「為什麼……我明明早就知道你喜歡的人不是我，卻還是固執地要喜歡你、希望你有一天會轉頭看看我……我曾經放學的時候先偷跑，為的就是偷看你跟曾惜的互動……也偷偷看過你的皮夾，卻看見你跟曾惜一起坐雲霄飛車的照片……我知道我這樣很糟糕，但是我就是忍不住，忍不住要喜歡你……為什麼是曾惜？」

季以傑用沒有被抓住的那隻手抽了一張衛生紙給簡安淇，「別哭了。」他說，這是簡安淇有印象以來，他第一次對她說這樣的話。

簡安淇忍不住笑了出來，她接過那張衛生紙，忽然覺得自己有些可笑。她鬆開了手，「去吧。」

季以傑看著她，然後走出病房，他知道，現在的他無論說些什麼，都不會讓簡安淇比較好過。但就在他走到門口開門時，簡安淇從後面問了他一句：「如果曾惜沒有出現在你的生命裡，而我跟你告白了，你會不會有可能喜歡我？」

曾惜其實根本沒有要去找父親，只是想隨便找個藉口讓他們兩個獨處罷了。

她蹲在門口，打算等兩人講完話後再進去，卻聽見裡頭傳來簡安淇的聲音，她喊了季以傑的名字，感覺很生氣，曾惜被嚇到，本想開門進去，卻因為聽見後面的對話而停下動作。

她在門外聽著簡安淇說的話，眼淚不知怎麼的也跟著流，是不是因為她，所以事情才會變成今天這樣？簡安淇生病了，沒有父母的關心、連喜歡的人都被她給搶走……

她靠在門板上，覺得四肢的力氣都像是被抽乾了一樣，直到季以傑朝著房門口走過來，她才趕緊從門板上彈開，往樓梯間跑去。

而曾惜最後只聽見簡安淇問他，「如果曾惜沒有出現，而我跟你告白了，你會不會有可能喜歡我？」

從樓梯間一路往下跑的曾惜在大廳遇見了剛剛下課的林宇文。她忽然想起，第一次跟他們有交集也是在醫院裡，也是跟林宇文說話。

「妳怎麼了？」林宇文問，不像季以傑，他很輕易地就看出曾惜的情況不太對。

曾惜搖搖頭，只是低聲地說：「我是不是害簡安淇難過了……」

雖然知道曾惜是在自言自語，但林宇文馬上將昨天的事情和曾惜的異常給連結在一起。昨天他陪著簡安淇一起來辦理入院的時候就看見她一直盯著手機，而他也從旁瞥見那是和季以傑的對話紀錄。那時候他就猜到大概是在等待季以傑的回覆。

再加上昨天晚上簡安淇因為等不到回覆那麼難過，又一直期待著有人打開病房的門，林宇文也大略能猜到是發生什麼事。

他拍了拍曾惜的肩膀，「不是妳的錯，這件事誰都沒有錯。簡安淇之所以這麼難過，也有某部份是出於比較心態吧。對了，就我對季以傑的了解，雖然他們一直以來感情都很好，也會被同學們開玩笑……可是季以傑不會是妳擔心的那種人，所以妳就別想太多了。」

林宇文除了安慰曾惜之外，也擔心著簡安淇，但對方一直不肯回覆他訊息。

最後他選擇放棄，將手機放回口袋，「我上去病房看看好了。」林宇文傳訊息告訴季以傑曾惜的所在位置，並再次拍了拍曾惜，便快步走向電梯。

和林宇文道別後，曾惜獨自一人坐在大廳，她想著林宇文說的話：簡安淇是因為比較心態所以才難過的，那麼，如果她沒出現，不就無從比較了嗎？

還有，她之所以難過，並不是因為擔心季以傑喜歡簡安淇，而是在想，她是不是在某方面也搶走了簡安淇的什麼。

如果可以回到過去，她寧可從沒出現在他們的生活裡。簡安淇對她那麼好，替她說話、照顧她、真心的把她當成朋友，可是她卻……

當季以傑下樓後，曾惜已經調整好了情緒，她想，也許她知道該怎麼做了。

「簡安淇還好吧？」她問，語氣有著不明顯地狀似輕鬆，「抱歉，我是想說她可能會想要跟你獨處一會才先下來的。」

季以傑的表情讓曾惜幾乎看不出來剛剛發生過的事情，他還是維持一樣的神色，她希望自己現在臉上的表情也是。

「還好。」他答，默默地又把剛剛在病房裡被抽走的手抓了回來。

因為各自的心虛、尷尬，接下來一個月，季以傑和曾惜都沒有對彼此提起要去探望簡安淇的事情。曾惜不知道季以傑有沒有去看過她，但她想，也許自己不太適合再出現在簡安淇面前、也許她的出現只會讓簡安淇想起那些不開心的回憶。曾惜也不知道季以傑是否有對她的行為起疑心，但她目前是把這當成他倆之間的默契。

雖然曾惜已經經由簡安淇的話知道季以傑的心意了，只是礙於他本人沒有任何表示，她也就沒有任何的反應，還是和以前一樣和季以傑相處。

那天之後，曾惜便開始著手申請法國甜點學院的入學資格，因為她本來就對法語還算熟悉、在甜點製作上也有基礎，所以沒遭遇什麼大問題，就在一個月內拿到了錄取通知信。

剩下的，就是道別了。

曾惜很難開口跟季以傑說自己要離開了的事情；另一方面，她是根本沒有打算要告訴簡安淇和林宇文。如果可以的話，她想要默默地消失，就像當年她出現時一樣，一樣安靜。

但她知道，早晚她都得告訴季以傑，她不可能默默地消失在他的人生中，而她完全無法掌握對方的反應會是激動還是平淡。

在出發的前幾天，曾惜才想好要如何告訴他。

「妳怎麼突然想吃法國料理？」季以傑在捷運上問她，手還是將她給圈在安全、不會被撞到的地方。從他們第一次一起搭捷運開始他的這個習慣就一直持續到現在，從未間斷。

「噢，沒有啊……」曾惜乾笑，她決定在吃飯時告訴他這件事。一來是認為在外面，就算他很激動也應該不會表現出來；二來是，她想自私地為自己留下一個回憶，那間餐廳被視為這座城市裡最熱門的約會聖地，甚至有傳聞說如果在那裡告白的話，相愛的兩人就會永遠永遠在一起。

餐廳位在城市的另一端，從他們家搭乘捷運過去的話至少需要半小時的時間，當兩人來到餐廳時，天色已經轉黑。曾惜簡單告知服務人員訂位資料後，就由服務人員領著他們上樓到用餐區去。用餐區在大樓的三十樓，四面都是玻璃，用餐的客人可以一邊享受夜景一邊享受美食，算是這裡的賣點之一。

點完餐後，曾惜喝了口水想舒緩這個緊張，她深呼吸一口之後，才輕聲地叫了他的名字：「季以傑……」

從入座以來就一直盯著曾惜瞧的季以傑對她挑起一邊的眉毛。季以傑早在捷運上就發現了曾惜的異常，只是他不知道發生了什麼事，也想不到是什麼事。他總覺得曾惜常常一個人保守很多祕密，他想替她分擔，卻不知道如何開口，有時也會覺得可能是曾惜還不夠信任、相信自己。

為了避免簡安淇受到刺激，他這些日子以來都沒有找過曾惜一同去探望，對於曾惜也沒對他提起要去探病的事情，季以傑只覺得也許曾惜是貼心地想留個獨處的時間給他們。在這期間他去看過簡安淇幾次，大多時候簡安淇都默默看著病房裡的電視，沒和他聊天。偶爾簡安淇會問問他曾惜上哪兒去了，只是季以傑通常以聳肩代替他的答案。沒有人再度提起那天的事情，他想，也許簡安淇需要的是時間。

「我要出國了。」曾惜說，雙手緊緊抓住他的。

被曾惜抓得有些緊張，季以傑看著她緊張的表情難得有些激動地問：「怎麼了？要去哪裡？去多久？」

「我申請了法國廚藝學院的入學許可，通過了……」曾惜沒有放開他的手，「只是要去一年而已。」

季以傑聽完這些話，稍微放鬆了些，點了點頭，「什麼時候出發？」

曾惜再次深深地吐了一口氣，「下禮拜。」

她不知道自己是怎麼回到家的，在她說出下禮拜之後，季以傑便抽回了手，而正巧此時服務人員也開始上菜，他們倆就沒有再交談。她可以感覺到季以傑的不解、錯愕甚至是憤怒，只是曾惜真正害怕的其實是他的挽留。萬一季以傑開口要她留下，她不清楚自己是不是有辦法拒絕：第一次、第二次也許可以，但她自己清楚，每一次的要求都會讓她的心動搖一點。所以她最後才決定晚點告訴季以傑。

所有證件都辦好了，行李該弄的也都差不多了，她環顧這間房間，總覺得自己好像一直在出走。不知道哪裡才是她該待的地方。

她坐在書桌前發呆，此時房門外有人輕輕叩著她的門。

「請進。」曾惜轉過身，看向打開門的季以傑。

其實季以傑也不是真的在生她的氣，只是一時之間難以接受而已。他不明白為什麼連這麼重要的大事她都不願意問問他的意見、和他討論？他常常懷疑自己在曾惜心中是不是不值得被信任，現在大概可以肯定，自己還沒有足夠的能力讓曾惜相信。

一年的時間，說長不長，說短不短的，季以傑有信心自己可以等她回來，他會變成夠好的人等她回來。光是互相喜歡是不夠的，他要成為可以讓她依賴的人才行。

到時候他會跟曾惜說他有多喜歡她、多想保護她、多想安穩地牽著她的手度過後半餘生。

季以傑走進她的房間裡，關上門後在她的床沿坐下。他拍了拍自己身旁的位置，示意曾惜過來坐在他隔壁。

曾惜一坐下，季以傑便將她攬緊，她的頭輕輕地靠在他的胸口，聽得到他平穩的心跳聲，是那樣的令她感到安心。

「我會等妳回來的。」他說，語氣平淡卻堅定。

她的眼淚沒有忍住，偷偷落下了一滴，曾惜趕緊在被發現之前將它給抹去。

「嗯。」她點點頭。

季以傑離開房間後，曾惜忍耐著不要掉下來的眼淚像是洩洪一樣一滴接著一滴不停的滾落，最後，她忍不住趴在枕頭上哭出聲音。

她說謊了。

她明天就要出發了。

她不只要去一年，是四年，甚至是更久。

曾惜不想要季以傑難過，更不想要他挽留她。有時她會想，自己的決定是不是太過自私，她會想像簡安淇和季以傑在一起的畫面，他們兩個真的十分相配。如果可以的話，她希望季以傑可以喜歡簡安淇，可以陪伴她度過治療的難熬時刻，這樣所有人都會比較開心、比較好過吧。

第二天天還沒亮，曾文就敲響了曾惜的房門。

昨晚哭到睡著的曾惜聽見聲音，抹了把臉趕緊開門。

「爸？怎麼了？」曾惜眨眨眼睛，對於父親這時候似乎才剛下班並不意外，但不知道他怎麼會這時候來敲她的房門。

曾文走進房間，皺起眉頭問：「妳真要這麼早就去嗎？以傑……」

曾惜低下頭，「嗯。」她用力地點了頭，整理了一下情緒才抬起頭來笑說：「先去適應環境也比較好啊。」她看了一下時鐘，現在起床其實也差不多了。

「那……我去外面等妳，載妳去機場吧。」

曾文出去後，曾惜將所有東西都打包收好，梳洗了一番。在動作的同時，她一直在思考，到底要不要取消機票留下來。只是她的理智一直都在告訴她不可以。

這不是她該待的地方。雖然這裡是她的家。

她回想過去的很多時刻，其實簡安淇都是很難過地看著她和季以傑的，只是當時的她太過遲鈍，沒有發現。曾惜覺得，她沒有什麼能夠彌補簡安淇的方法，她唯一能夠做的就是把她原來的生活還給她，把她原來擁有的人還給她。

曾惜留下了三封信，分別是要給她的三個朋友的。她將它們放在桌上，打算再請父親幫忙轉交給他們。

她停用了電話，打算到了國外再辦一支聯絡父親、也關閉所有社群軟體，她不要讓任何人找到。

在前往機場的路上，曾惜和父親要求不要把聯絡方式交給其他人，曾文雖然覺得奇怪，但還是答應了，他相信曾惜做什麼事都有自己的考量。

「平安到了之後，要跟我說一聲喔。」在關口，曾文揉了揉曾惜的頭髮，雖然有些捨不得女兒，但他會支持女兒想要做的所有事情。

「嗯。」曾惜抱了父親一下，然後和他道別。

也和所有一切道別。

Afterward
一直都會在身邊

「咦？你也把項鍊放進時光膠囊啊？」曾惜看著鐵盒裡的東西，忍不住笑了出來。她伸出手將自己的那一條拿出來，項鍊變得有些陳舊，但她卻透過這條項鍊回到了好久好久之前。

「嗯。」季以傑說，「那時候看到妳放，也就跟著放了。」

曾惜聽他這麼說，嘴角勾起一抹微笑，看了他一下。

「那你本來想放什麼？」

「我父母寫給我的唯一一張卡片。」季以傑露出一抹自嘲般的微笑，現在那張卡片也早就不知道被他扔去哪了，他這些年也都沒再見過父母，他也不在乎他們到哪去了。

她轉過頭來看著季以傑，忽然覺得，自己好像也跟他的父母一樣，很自私地擅自決定消失在他的生命裡，「與其說時光膠囊要放入珍惜的東西，也許更應該是想放下的東西吧。」她說，她不知道自己離開之後事情有沒有朝著她希望的方向發展，雖然結局是她所沒有預料到的。

林宇文和簡安淇要訂婚了。這樣也算是她所感到開心的結局吧。

「我覺得不是。」季以傑說，放下方才把玩著的項鍊，雙眼認真地盯著她看，「曾惜，我沒有聽妳的話。」

曾惜也抬起頭看著他，她不確定季以傑所說的是不是她所想的那個意思。

那年她留給季以傑的那封信，上面只要他別等她了，看看那個那麼喜歡他的女孩吧。

「是嗎？」曾惜回答，給了他一個微笑。

季以傑在兩天前找到曾惜的同時也同步告知了那兩人，兩人的反應都沒有讓他覺得意外：簡安淇在電話那頭興奮的大叫了一聲，害他幾乎覺得自己要聾了、林宇文感覺起來一點都不意外，只是有些敷衍地說了：「真的啊？」，季以傑有些懷疑他是不是早就知道曾惜住在哪裡。

他考慮了兩天，想過各種可能之後，最後還是決定來找曾惜。就算她結婚了也好，季以傑心裡清楚，如果沒有再和曾惜見上一面的話，他可能一輩子都不會放下她。但如果她還是單身的話，那他一定會不惜一切代價把她追回來。

季以傑將泥土埋回去，帶著曾惜和他們的時光膠囊回到他們現在居住的那座城市，但卻沒有把曾惜帶回她的工作室，反倒往反方向開車。

「這是哪？」季以傑開進了一座高級社區的地下停車場，他一路往地下四樓開，中間還有警衛和他核對證件，讓曾惜一度有自己要被綁架撕票的錯覺。

季以傑沒有看她，專心地找著車位，說：「簡安淇說絕對不能放妳下車，不然誰知道妳又會跑去哪。她說一定要把妳帶來見她，不然她不會放過我。」

曾惜聞言，噗嗤地笑了出來，這些人是有多怕她又消失不見？

「好啦，我答應不會再不見了。」她笑著做出發誓的動作，卻換來季以傑的一記狠瞪。

雖然現在能夠雲淡風輕的討論這件事，但她可以想像當年的季以傑一覺醒來看到她消失了會有多難過。她試著用比較輕鬆的方式說這件事，希望能藉此讓他不要再因為想起那個回憶而難過。只是她這樣，是不是讓人感覺有些無情無義？

「是說，為什麼新聞都沒有報導啊？」她說的是簡安淇和林宇文的婚事。

當年曾惜回國的時候簡安淇就已經是當紅歌手了，無論是看板還是報紙還是電視，處處都可以看見她的代言和報導，曾惜也都會關注她的新聞，看看她過得如何，看見有謾罵簡安淇的留言時還會默默地按下檢舉。

而林宇文則一直都是她的經紀人，雖然偶爾會有關於他們兩個緋聞的報導，不過簡安淇一直都沒有對這件事有什麼正面的回應，曾惜也因此一直無法確認這個消息的真假。

「就，祕密啊。」季以傑說，「我也不知道簡安淇怎麼想的，她就是不想公開吧。我想應該是不想讓私生活被攤在陽光下吧，畢竟誰也不知道，會不會有一天她的生母也被挖出來。」

曾惜點點頭，簡安淇母女現在都還算是當紅炸子雞，甚至還參演過同部戲劇。她不得不說，簡安淇的母親保養得很好，就算說是姊妹她也相信。如果他們其實是母女的事情被社會大眾知道了，想必又會引起軒然大波。

她跟著季以傑來到了簡安淇的家門口，不知怎的，曾惜想起了好久好久之前的那一天去醫院探望簡安淇的事情，那天她也是這樣站在她的房門口，忽然有些緊張。

季以傑看出她的緊張，輕輕地拍了拍她的背安撫她，然後敲了敲房門。

曾惜站在門外，但可以清楚地聽見裡面的人碰碰碰地跑了過來。一開門，簡安淇先是直勾勾地盯著曾惜，像是要把她給看出一個洞來，然後在她不注意時，就把她一把拉過來抱緊。

「天哪！妳真的是曾惜嗎！」簡安淇放開她，雙手分別抓住她的肩膀，前後端詳了好一會，似乎不太相信眼前的人就是她消失多年的朋友。

曾惜被她的反應給驚嚇到，只得愣愣地點頭。

看著兩人重逢的畫面，季以傑忍不住勾起嘴角，「那我就先走了，你們慢慢聊吧。我等等還有客戶要面談。」他說，「曾惜，妳要回去再跟我說，我再來載妳。」說完，不等曾惜跟他說「我自己回去就可以了。」他便關上門離開。

曾惜看著被季以傑給關上的房門，將原本要吐出來的話又給收回去。

「曾惜……」簡安淇叫了她一聲，曾惜才如大夢初醒一般，回過頭來看向她，「算了，先坐下再說吧。」簡安淇指了指沙發。

待曾惜坐下後，簡安淇先是泡了一杯茶給她，而後開口似乎想說些什麼，但才剛開口，一個字都還沒說，簡安淇原先忍住的眼淚便止不住地流。

再次被嚇到的曾惜有些不知所措，她從包包裡拿了一包衛生紙遞給她，溫柔地問：「安淇，妳怎麼了？」

曾惜原先是要安撫她的，但不知為何，她話一說完，簡安淇哭得更厲害了。此時的曾惜，覺得自己的手足無措像極了當年的季以傑。

「是、是我對不起妳……我當年不應該對季以傑說那些話的……我不是有意要讓妳聽見的……」簡安淇吸著鼻涕，抽抽咽咽地說，「我明明就知道季以傑喜歡的人是妳，還是不肯放棄……我其實、其實不是要妳把他讓給我的意思……是我不好，是我逼妳離開這裡的……對不起……我一直沒有告訴妳我喜歡季以傑，只是因為我不知道如何開口，不是故意要排擠妳什麼的……我真的很自私，對不起……我本來以為自己不會哭的，結果誰知道，一開口又哭了啦……」

曾惜聽她這麼說，趕緊搖頭，她這才知道原來簡安淇這幾年來都是這樣想的，「不、不是妳的錯……」她說，又抽了幾張衛生紙給簡安淇。這是她和簡安淇認識以來，看到她哭得最傷心的一次。在她的印象之中，簡安淇一直都是很倔強的人，比她自己還要倔強，明明很受傷，卻總是假裝沒事，也和季以傑一樣有些傲嬌。

曾惜雙手握住簡安淇的再一次很認真的告訴她：「安淇，不是妳的錯。我會離開，只是因為我覺得自己配不上他，妳跟他才是最相配的……我覺得，如果沒有我，你們兩個可能可以順利地在一起……畢竟妳是那麼好的女生。」

「嗚嗚……曾惜，妳真的是個好善良的人，對不起……」簡安淇用力地抱緊曾惜，曾惜則輕輕拍了拍她的背。

曾惜想，她是真的善良嗎？還是其實，她所做的決定，有某方面來說也還是挺自私的？

待簡安淇終於冷靜下來停止哭泣，她反過來拉緊曾惜的手，問：「曾惜，妳知道為什麼當年葉宸萱會一直不停的傷害妳嗎？」

曾惜不明白她怎麼會突然提起葉宸萱，那個她已經幾乎忘記的人。從前，她的確好奇過，為什麼對方要一直找她麻煩，就算她都已經把周冠綸給了她，葉宸萱還是不願意給她安穩的日子。

雖然曾惜已經不在乎她、也不在乎問題的答案了，但她還是搖搖頭。

「因為葉宸萱會怕妳。」

「怕我？」聽見她的話，曾惜皺起眉頭，不覺得自己有什麼好讓她害怕的。她從來沒有對葉宸萱做過什麼，除了最後見面那次打了她一巴掌之外。

簡安淇肯定地用力點了點頭：「她害怕妳會回來，會搶走她擁有的一切。因為妳比她、也比我好上太多太多了。妳一直都值得最好的人，因為妳也是最好的。」

曾惜聽完她說的話，忽然覺得，自己能在離開後再次找回這個朋友真的是太好了。

「噢，我怎麼會講出這麼噁心的話……」簡安淇說完自己起了一身雞皮疙瘩，然後眼睛一亮，似乎是突然想起什麼，「哦，對了，妳知道葉宸萱曾經出道過嗎？」

「咦？」曾惜皺起眉頭，這幾年因為關注簡安淇的狀況她也沒少看過娛樂新聞，但怎麼就是對這件事毫無印象呢？

「妳沒印象是正常的。」簡安淇露出了一副理所當然的表情，「我記得她那時候好像是我們公司的某一個女團的成員，但是只發過一張專輯，就因為銷量不佳而解散了。然後我就再也沒在公司看過她了……現在應該不知道在哪打零工吧。」她聳聳肩，然後看了一眼手上那支要價不菲的鑽石腕錶，「啊，糟糕，都這麼晚了，我得去趕下一個通告了，林宇文一不在我整個都很慌亂……」

「林宇文呢？」曾惜問，她原先以為等等他就會出現的。

簡安淇一邊收拾著包包，一邊說：「他在飯店張羅明天婚禮宴客的事情……」

「明天！」曾惜驚呼，這麼重要的事情季以傑怎麼沒說清楚！還好她本來就安排好了明天休假……不然所有課程又要重新安排了。

「妳驚訝什麼？季以傑那傢伙沒告訴你嗎？」簡安淇抬起頭來看向她，「哇，還真沒有啊……但妳應該會來參加婚禮，吧？」她眼神裡的意思是「妳敢不來試試看」。

曾惜覺得有點好笑，連忙點頭如搗蒜，「那當然。」

「反正我們也沒邀請什麼人，只有一些比較親密的好友而已，所以妳沒來我肯定會發現，被我發現妳就慘了。至於婚禮請帖跟入場券妳跟季以傑一起用一張就好了，誰叫妳現在才回來，請帖都已經發出去了。」簡安淇停下手邊的動作，看向她，「說一件認真的事，如果妳現在還單身，真的應該考慮一下我們的王牌大律師季以傑先生。」

曾惜沒有答話，她只是在心裡問著自己：她還喜歡著季以傑嗎？季以傑……還會喜歡她嗎？在她用離開狠狠傷了他的心之後？

見曾惜沒有什麼反應，簡安淇也猜到曾惜到現在還是單身，所以她繼續說：「那年，我問他：『如果曾惜沒有出現，你會不會喜歡我？』妳知道他跟我說什麼嗎？他很無情地跟我說：『不會，對我來說，喜歡不是比較出來的，就像今天如果沒有妳，我也還是會喜歡曾惜一樣。』」她說完後，無奈地笑了出來，「我那時候怎麼會喜歡上這種人啊……哦，我先走了，啊妳在這裡等季以傑一下，不要亂跑！」

看著簡安淇如旋風一般衝出門，曾惜嘆了口氣。

她實在不知道該拿季以傑怎麼辦，更不用說，她發現自己還是很喜歡、很喜歡他，可她究竟是喜歡現在的他？還是回憶裡的那個他？季以傑呢？是喜歡現在的她？還是以前那個她？

「抱歉，剛剛客戶……」季以傑收到簡安淇的簡訊時，還在跟客戶開會，害怕曾惜會趁這段時間跑掉，季以傑匆匆結束了會議就往簡安淇家的方向狂飆，要用走路的時候也幾乎是穿著皮鞋在奔跑。誰知道，當他用簡安淇剛剛交給他的房卡開門時，會看見曾惜坐在沙發上睡著了的畫面。

他放輕步伐走了進來，蹲在沙發前面。他看著曾惜緊閉的雙眼和側臉，忍不住伸手觸碰了她，她的輪廓和記憶中一模一樣，呼吸的頻率也是，她自己一個人獨處的時候好像常常會睡著。

曾惜被他的手給包覆著側臉，不但沒有醒來，反倒靠向他的手。

「季以傑……」她輕聲地喚著他。

「嗯？」被她這麼一叫，季以傑湊了近，這才發現原來曾惜只是在說夢話。

季以傑笑著搖搖頭，乾脆在沙發前的地板坐了下來。

「我好喜歡你……」曾惜含糊地說著，如果不是季以傑坐的很靠近她，鐵定會漏掉這句話。他看著那個他喜歡了好多好多年的女人，他幾乎都已經忘記，他等這句喜歡等了有多久。

他也懷疑過自己到底是還喜歡著她，還是只是不願意放棄。可是每當出現這個念頭的時候，他就會有想要把她找回來抱緊，再也不讓她離開他的念頭。一直到今天，聽見那一句喜歡，他才察覺自己到底愛她愛得有多深。

當曾惜醒過來時，被靠在她小腿睡著的季以傑給嚇得驚叫出聲。同時她也意識到自己實在忙於工作太久了，才會累得在這裡就睡著了。

也被曾惜的驚叫給嚇醒的季以傑揉了揉眼睛，問：「怎麼了？」

「沒、沒事，只是你靠在這裡嚇了我一跳。」她拍了拍自己的胸口。

季以傑朝她溫柔地笑了，曾惜忍不住看得發愣，那是她最喜歡的，他的樣子。

「走吧，我帶妳去吃晚餐。」季以傑說，拉起她的手幫她站起身。只不過曾惜起身之後，季以傑還是沒有要放開手的意思。

「那個……」曾惜被他牽著有些不習慣，雖然很久以前他們也是這樣牽著彼此的手……

季以傑明知道曾惜在說什麼，還是乾脆「嗯？」了一聲裝傻。

曾惜一面感嘆這人臉皮怎麼變得這麼厚，一面乾脆放棄抵抗，讓他給緊緊牽著。

用完晚餐後，季以傑說要回公司處理一份資料，問曾惜要不要先載她回家，還是要跟他一起去他的公司看看。曾惜想了想，回家也沒什麼事要做，今天的工作她都交代給別人去辦了，與其回家發呆，不如跟季以傑一起，還能聊聊天、看看他。

「你們的工作真的很忙耶。」跟著季以傑來到律師事務所的曾惜看見裡頭大多數人到現在都還沒下班回家，忍不住感嘆。雖然她的工作也是很忙，但至少大多數時間還能準時下班回家，不太會有需要加班到這麼晚的時候。

「嗯啊，每天都有很多案子要處理。」季以傑嘴巴上回答著，手跟眼睛卻不停的在一堆資料中翻找。

曾惜環顧著他的辦公室，沒有什麼多餘的擺設，東西都歸類的十分整齊，辦公桌上只有一個素白的馬克杯跟幾支筆插在筆筒裡，除此之外，他桌上放著一張他倆的合照。那是唯一一張，她在遊樂園跟他一起的那張合照。

「找到了。」季以傑從資料中抬起頭，拉了拉曾惜的手。

「噢，好。」她此時才從回憶裡脫身，不敢想像這些年季以傑是不是也是這樣每天都看著他們的合照，只能思念，卻怎樣也找不到她。

曾惜屁顛屁顛地跟在季以傑後面走出他的辦公室，停在另外一張大桌子前面。

她看不到桌子主人的長相，只看見堆積如山的資料。

「小李。」季以傑輕輕敲了敲桌面，引起那人的注意，曾惜這才知道這張看起來塞滿不得了的資料的大桌子的主人有一個這麼菜市場的名字。

小李探出頭來，他是一個帶著厚重眼鏡的男生，看起來年紀比季以傑再輕一點。

季以傑將手上的文書交給他，對方確認了一下，隨後抬起頭好像要跟季以傑確認些什麼，卻在看見他身後的曾惜時很大聲的「咦！」了一聲。

曾惜被他給嚇到，她有一種今天一直在被大家嚇一跳的感覺，雖然大家好像也都被她嚇一跳。

「是季哥桌上的人！」小李說，目不轉睛地看著曾惜，「想必妳就是大嫂了！」

不只是曾惜，其他辦公室的人也被小李這麼一叫給吸引了注意力，紛紛轉過頭來看著她。被看得有些不自在的曾惜低下頭想躲到季以傑的背後，對她的反應感到很滿意的季以傑則是緊緊地牽著她。

「好了，認真工作，不要嚇你們大嫂了。」季以傑說，頓時全公司的人又都低下頭忙自己的事。

曾惜納悶地看著他，誰是大嫂啊……季以傑，不只長年紀，臉皮也沒少長……

季以傑處理完資料後，便載著曾惜回到她現在的住所。她現在的住所距離她的工作室只有幾條街的距離，她每天早上都是慢慢散步過去上班、再慢慢散步下班的。

曾惜忽然開始慶幸起自己有現在這樣的工作，雖然有時下班回家後還得準備教材等等，但看到大家都這麼忙碌，她也覺得自己好像真的挺悠閒的。

悠閒到……她好像忘記帶鑰匙出門？

曾惜在家門口翻找著包包，但翻遍了還是找不到家裡的鑰匙。

原本停在門口想確認曾惜平安進屋後再離開的季以傑，看到她站在門口的動作，心裡大概知道發什麼事了。

季以傑下了車，走到她身邊，問：「忘記帶鑰匙了？」

曾惜抬頭看著他，然後慢慢地點頭，「好像……放在工作室。」這下可好，她今天因為不在的關係，將工作室的鑰匙交給了櫃檯人員麻煩他們鎖門……

「那住我家吧。」他說。

在回到季以傑家的路上，曾惜什麼也沒說，還在懊惱著自己怎麼會忘記鑰匙。明天還得去參加簡安淇的婚禮……幸好是在晚上，不然肯定會來不及……

一邊開車一邊偷瞄曾惜的季以傑忍不住揚起嘴角。季以傑的住處距離曾惜家有一段距離，他開著車，希望時間就此停滯在這。就算她不是他的也沒有關係，只要她能待在他身邊、只要他能看見她，就是他夢寐以求的事情了。

「到了。」季以傑在路邊停好車，便自顧自地下車，曾惜覺得納悶，他怎麼把車停在公園前面？但還是連忙跟著他下車。

「我們來這裡幹嘛呀？」曾惜說，季以傑則給了她一個神祕的微笑，什麼也沒說就走進了對面的超商。曾惜覺得，經過這些年，季以傑好像變成了更溫柔、更成熟的人，不像過去那樣總是帶著防備，她也很喜歡現在的他、喜歡常常看見他的笑容。

季以傑從冰箱拿了兩罐啤酒，結帳完後遞給了曾惜一罐。

「這是？」她納悶。

「陪我喝一杯，不過分吧？」他說，好看的眉毛挑了挑。

因為罐子太冰的關係，曾惜用三隻手指拿著冰啤酒。

見狀，季以傑又將啤酒給拿了回來。他一隻手拿著兩罐啤酒，另外一隻手則牽著曾惜走過馬路，來到公園。

他在鞦韆上坐下，曾惜也跟著坐下。季以傑貼心地用衣服擦了擦就口處，才將拉環拉開並且放到她手中。

曾惜拿著啤酒，沒有喝，只是一直盯著裡頭的泡泡；她其實很少喝酒，也許應該說是幾乎不喝。反倒是季以傑，馬上就喝了一大口。

注意到她都沒有動作，季以傑才開口問她：「妳不喝酒啊？」

聞言，曾惜馬上用力地搖了搖頭，她覺得自己可以陪他喝一杯的，「喝。」然後學季以傑也喝了一大口。

她忍不住皺起眉頭，曾惜實在不喜歡酒精這種苦澀的味道，但還是咕嚕咕嚕地把酒給喝下去。

「喂……不喝就別勉強啊！」季以傑想搶過她的啤酒罐，卻怕罐子口刮傷她遲遲不敢動作。當曾惜放下啤酒灌時，他才連忙把罐子拿過來，但罐子裡的啤酒已經所剩無幾了。

「嗝。」曾惜打了一個嗝，臉頰因為酒精而微微泛紅，她對著他笑，季以傑瞬間有了心跳停一拍的感覺。怎麼這麼多年了，他還是始終只為同一個人動心。

「妳真的很笨耶……」他無奈地站起來，蹲在她面前。此時的曾惜已經有些茫了，她伸出雙手圈住季以傑的脖子用力地把他拉過來。

被這麼一拉的季以傑差點重心不穩跌到她身上，他趕緊扶住地板才取得平衡。

曾惜把下巴放在他的肩膀上，輕聲說：「季以傑……我覺得，嗝，你變好多喔……但我還是好喜歡、好喜歡你……」

雖然知道明天早上曾惜大概就會忘記他說過的話，但季以傑還是認真地回答：「妳離開之後，我除了難過之外，也告訴自己，要變成更好、更值得妳相信的人，為妳抵擋世界上所有的惡意與不安。要是妳有一天回來了，我就要告訴妳，我有多喜歡妳……我有多愛妳。」

季以傑說著，手上把玩著她的髮絲，能再次觸碰到她，而不是在夢裡，真好。

但同時他也注意到，靠在他肩膀上的那個人已經進入夢鄉了。

他沒好氣地笑，將曾惜給抱了起來帶回家去。

季以傑將車停在地下室，然後背起曾惜搭電梯上樓。在等電梯時，還遇到了整個社區裡最八卦的大嬸。大嬸用好奇的眼光打量著季以傑，他原先想忽視大嬸「炙熱」的眼光，但最後還是嘆了口氣，說：「這我老婆，以前在國外工作，今天才回國，和朋友聚餐玩得太開心了。」

雖然是說謊，但季以傑說的臉不紅氣不喘，還一點罪惡感都沒有。他知道要是不這麼說，明天早上社區全部的住戶大概都會認為他昨天晚上撿屍回家，甚至可能鬧上新聞版面。

「哦，這樣子啊！原來季律師已經有太太了，唉呀，我本來還想幫你介紹介紹呢，呵呵……」大嬸看季以傑平淡的反應，也不疑有他。認為自己得到了解答，便喜孜孜地回家去了。季以傑這才意識到，明天早上社區全部的住戶都會知道他已經有老婆了……雖然他也希望背上的真的是他老婆……

開了門，他將曾惜給放到沙發上，但不知道是不是因為動作太大，曾惜呻吟了兩聲，便緩緩睜開眼睛。

「這是哪裡？」她有些畏光，眨了好幾次眼睛才看清楚周圍。
「我家。」季以傑說，「妳醉倒了。」
曾惜蚧了一聲，很是驚訝。她是知道自己酒量不好沒錯，但還真沒想過是喝點啤酒就會醉倒的程度。她懊惱地搔頭。
「妳先去洗澡吧，我幫妳把衣服丟去洗。」季以傑先是摸摸她的頭，然後從衣櫃裡找出一件棉質上衣遞給她，「將就穿一下吧。」
當她洗好穿著季以傑的上衣走出來時，季以傑只是看了她一眼，就急急忙忙地帶著換洗衣物衝進浴室。
不明所以的曾惜站在原地疑惑地看著他幾乎是甩上浴室門的衝進去，她真這麼可怕？還是她剛剛因為喝醉做出了什麼可怕的事？
但在浴室裡的季以傑則是懊惱地抓了抓頭，怎麼自家的小兄弟就這麼「爭氣」，人家明明就好好的穿著衣服，自己是在興奮什麼……
他花了一些時間讓自己跟「它」冷靜下來，當季以傑洗好踏出浴室時，曾惜已經躺在他的床沿睡著了，很明顯原先是要等他出來的……
季以傑輕輕地拍了拍曾惜的手臂，她皺起眉頭，回了他一個字：「嗯？」感覺人是還沒有清醒過來。
「去，去躺好睡。」季以傑拉開棉被，將往上爬的曾惜塞好，走過去關燈。

他爬上床的另一邊，看著她的睡顏，暗自決定自己的下半輩子都要睡在她隔壁……季以傑稍微調整了一下姿勢，把曾惜給拉了過來，讓她枕在他的手臂上，以免她睡一睡掉到床底下。

他偷偷親了曾惜一口，聞到她的味道有種難以言喻的幸福感。

因為簡安淇和林宇文的婚禮的關係，季以傑早就將隔天的工作給排開。

當他起床時，時間已經是下午兩點多，他很久沒有睡得這麼好了，好像多年來的奢求都被實現了。

窩在他懷裡的曾惜更是睡得香甜，但怕她來不及回家換衣服跟化妝，季以傑雖然不想吵醒她，還是得把她給挖起來。他有點後悔自己昨天給曾惜那罐酒，但又有些慶幸自己「不小心」把她給灌醉。

他伸出手輕輕捏了捏她的臉頰，她皺起眉頭，但還是沒醒過來，只是抓住他的手讓他別再用。手被曾惜抓住的季以傑可沒放棄持續進行他的惡趣味大業，他在她耳邊用氣音說：「曾惜。」

這次真的被嚇醒的曾惜抖了一下，季以傑沒想到她會嚇這麼一大跳，趕緊把她抱得緊緊的才沒讓她滾下床，但還是止不住笑意。

「嗯？」曾惜揉了揉眼睛，看見自己正在季以傑的懷裡，原先想後退，但突然發覺自己現在是退無可退的情況。季以傑的手圈住她，給她一種這幾年來從未有過的安全感。

「你……」她看了看季以傑，又低下頭看了一看自己。

「我？」季以傑忍住笑意，很認真地反問。

曾惜伸出手搓了搓他的臉，也開玩笑地故作認真說：「我相信你不是那種人。」但她心裡其實覺得，一起床就能看見他，真好。如果可以，她什麼也不想考慮，她獨自一人在外面走了太久，雖然自私，但她想回到季以傑的身邊。

季以傑將臉湊上去，兩人的鼻尖幾乎都要碰在一起，「妳怎麼知道我不是。」

曾惜沒想太多，閉上眼睛就吻了他。原先想逗逗她的季以傑現在反倒不知所措了起來，這是她第一次主動吻他。發現自己衝動了的曾惜則趁著他發愣的時候跑進去浴室盥洗。

當曾惜從浴室出來之後，兩人都冷靜了下來。季以傑把曾惜昨天穿的衣服烘乾後還給她，然後帶著她回到工作室。她原先叫他在車上等就好，但是季以傑卻堅持要跟下車，並且牽著她的手。曾惜沒好氣，不知道他打什麼主意，也沒反對，就牽著他進工作室。

「老師，妳終於……咦？」櫃檯的小姐一看見曾惜，便激動地站了起來，但在看見曾惜牽著的男人之後，跟小李一樣忍不住驚呼一聲。

季以傑跟對方點頭致意，對方也愣愣地點頭。基本上他下車的目的已經達到了，原先以為會有男同事，本來想宣示主權一下，後來發現放眼望去都是女的，他便興趣缺缺地說要回車上等了。曾惜沒有搞懂他在做什麼，以為他是看工作室人多怕打擾才說要回車上的。

曾惜先回辦公室找到了鑰匙，然後又回到櫃檯，確認一下工作室以及所有課程都沒有狀況。交代完正事後，櫃檯小姐用好奇又八卦地口氣，問：「曾老師……剛剛那位是？」

曾惜這才發現季以傑是來宣示主權來著，她偷偷透過車窗覷了眼季以傑，但對方專心地滑著手機，表情看起來完全沒有任何異樣。

曾惜覺得櫃檯小姐好奇的眼神已經快要射穿她，只好有些心虛的說：「噢，我、我男朋友啦。」語畢，她便趕緊和看起來又想問些其他八卦的櫃檯小姐道別。

曾惜溜進季以傑的車裡，他看見曾惜坐下才緩緩將手機放回口袋裡準備開車。

她瞪了他一眼，又好氣又好笑，正在專心開車的季以傑並沒有注意到。

「你等我一下喔。」到家後，曾惜先倒了杯茶給季以傑然後匆匆忙忙地跑進房間裡面打算梳妝更衣。

季以傑喝了口茶，正打算滑個手機悠閒地等待曾惜，就聽見她房間裡頭傳來了翻箱倒櫃的聲音。他覺得奇怪，走到了房門口，才正要問裡頭的人到底發生了什麼事，曾惜就搶先一步探出頭來。

「呃……季以傑……我、我好像沒有適合的衣服耶……」

曾惜對季以傑感到有些抱歉，她覺得自己這兩天好像都把對方當成免費司機在使用。

但其實曾惜也知道，她就算想拒絕給季以傑載，對方也不會同意被拒絕。

「對不起喔……」她說，有些懊惱。原本是想說，雖然好幾年沒參加過這種場合了，但家裡應該有些衣服適合穿去參加婚禮，結果一打開衣櫃，才發現那些小洋裝似乎都不夠正式……至少在參加最重要的朋友的婚禮來說不太適合……而且她想，婚禮的場合一定會有許多政商名流，自己可不能讓簡安淇丟臉。

「沒差啊，順便，等等還可以直接去飯店。」季以傑無所謂地說，可內心對於載著她去她要去的地方、被她給需要感到很滿足，這是他一直希望著的，希望她可以更依賴他。

到了百貨公司，季以傑還是一樣，牽起她的手跟著她往賣衣服的地方走去。

店員一看到曾惜和季以傑一同走進店裡，便熱情地湊過來介紹，她挑了一件精緻的小禮服遞給曾惜，並且再三保證這些都很適合她。

曾惜有些猶豫地看了看，然後又看了一眼身旁的季以傑，後者馬上明白她在猶豫什麼，說：「我坐在那邊等妳，妳去試穿看看吧，不急。」他摸了摸她的頭，坐在試衣間外面的椅子上。

「喔、好。」曾惜接過店員手上的那件禮服，轉身走進去試衣間。

曾惜穿上後，覺得有些彆扭。她剛剛沒有仔細看清楚這件衣服的款式，穿上後才發現這是一件平口的小禮服，裙子對她來說還有些太短。

「季以傑……」她走了出來，先是看了一下鏡子，然後喚了一聲坐在椅子上認真滑手機的男人。她看著身穿深藍色西裝和皮鞋的他，身影和她記憶中的人重疊了，雖然有些不同，可他好看的側臉卻還是讓她難以將自己的注意力從他身上移開。

季以傑轉了過頭，這是他第一次看見曾惜穿這種衣服，深藍色的禮服襯托著她白皙的肌膚，剪裁也很不錯，讓曾惜的身型看起來更加優美，他在心裡讚嘆著，開始想像曾惜有天穿上白紗嫁給他的樣子，臉上表情卻不動聲色。

「你、你覺得呢？」曾惜問，有些不好意思地拉低裙襬。

店員小姐此時又走了回來，「小姐穿這件果真是好看。」她說，放下手上另外一件原先也要拿給曾惜試穿的衣服，「先生也覺得女朋友穿這件不錯吧？」店員看向季以傑，像是在尋求他的認同。

季以傑點點頭，「不錯，不過我太太是穿什麼都好看。」

曾惜眨了眨眼，已經習慣季以傑變得很愛亂講話，她苦惱地問店員，是不是可以給她找別件比較不那麼露的款式？

店員有些為難地偏過頭，「小姐，您身材不錯，是可以偶爾嘗試一下其他風格的……不過如果您堅持，我等等再給您找找其他款式。」

她點點頭，又走回去試衣間打算換下衣服。雖然季以傑說好看，但是……她還真不習慣穿成這樣……

待曾惜拉上門後，季以傑站了起身走到又開始翻找衣服的店員身旁：「剛剛她是穿那件，幫我包起來，不用找其他的了。」

曾惜換下那件禮服，將它交給店員，不料卻看見店員正準備打包同款的禮服。

「咦？」曾惜有些疑惑地看向已經結帳完畢，正收起錢包的某人。「你買了？」

季以傑點點頭，然後阻止了店員打包的動作，請她直接把標籤給剪了。

「給妳，去換吧。」他說，將禮服遞給她。

「可是……」曾惜遲遲不肯接過禮服，她沒想到季以傑會直接把它給買下來。

「妳穿這件很好看。」季以傑說，雖然不同於以往，死活都不肯說出心裡話，但曾惜知道，他是認真的，「很適合妳。」他又補充。

曾惜想，季以傑是真的變了很多很多。不若以前帶給人的距離感，除了變得更溫柔，好像也變得更坦率了些。以前他們會因為彼此的不坦率而誤會、而受傷……現在如果可以對彼此好好說出心裡話，是不是就能夠好好地待在彼此身邊？

他們抵達婚禮會場時，時間約莫是下午五點多了，正常來說晚上舉辦的婚宴也都差不多可以入場了。但季以傑沒有帶著她入場，反而先把曾惜給帶到了新娘房，並告訴曾惜他有要事要先去處理，要她等他一會。

曾惜小心的推開新娘房，看見簡安淇正坐在裡面，房間裡頭架起了數個大全身鏡以及裝滿化妝用具的推車，旁邊有幾位化妝師及新祕正在幫她化妝以及更衣，還有一位看起來像祕書的人正在跟簡安淇確認晚上的流程。

「曾惜！妳來了啊！」簡安淇原先一邊在滑著手機一邊聽她旁邊的人確認流程，但她一從鏡子裡看見曾惜走進門的身影，就馬上把手機收了起來。

「對啊。」曾惜說，邊走到角落找了個位置坐下，覺得自己在這裡有些擋路。

她看著鏡子裡的簡安淇，她臉上的妝容精緻，頭髮也盤了個優雅的結，露出的鎖骨和手臂線條讓她看起來多了幾分柔弱與女人味。她突然莫名的有些感動。

「我要下去了，妳在這等季以傑一會吧。」簡安淇說，確認自己身上的一切都沒有問題後站起身，「妳別亂跑啊，絕對不要喔。」她走到門口時還回過頭來再三交代。

曾惜雖然有些納悶簡安淇怎麼知道季以傑去辦事了，但還是點點頭。

簡安淇離開後沒多久，曾惜就聽見門口傳來窸窸窣窣的聲音，好像有人正在門外討論事情一樣，她有些好奇，但才準備要起身去開門，門就被外面的人給推開了。

季以傑手拿著一束玫瑰花，像是被推進來一般踉蹌了幾步，而後房間的門就被人給用力關上。

「季以傑？」曾惜疑惑的皺起眉，完全沒搞懂現在是什麼情況。

「曾惜……」季以傑看起來有些不好意思地搔頭，曾惜已經有好幾年沒看見他露出這樣的表情。她忍不住笑了，好像看見當年那個少年，羞澀、手足無措。

「給妳。」他走了過來，將那束玫瑰花遞給她，「曾惜……我曾經想過要恨妳，在妳一聲不響就離開我的時候。我是過了好久才敢打開妳寫給我的那封信，妳要我看看簡安淇，但妳卻沒有想過我只想要好好的看著妳……」季以傑說著，最後甚至有些哽咽，讓曾惜心裡一揪，將玫瑰花給放下伸出手將他拉過來抱著。

季以傑也輕輕地伸出手回抱她，吞了口口水才繼續說：「我後悔過，後悔沒有告訴妳，我是真的很喜歡妳。再後來，我決定要變成更好的人，萬一有一天妳真的回來了，我才能什麼都不用煩惱，只管伸出手將妳拉住，將妳留在我身邊，告訴妳：我會當妳的依靠，在我身邊妳永遠不用煩惱任何事情……是妳，讓我變成了更好的人。這些年來，每當我遇到困難的時候，我都會想著妳，相信妳有一天真的會回來，我也必須更加努力。曾惜，妳真的是很棒的人，妳離開後，我沒有再遇見更好的人……以前，我沒有開口告訴妳，是因為我覺得我還沒有辦法讓妳依靠、讓妳相信，我會照顧妳……但是現在不一樣了，我做到了我答應我自己的事情，我已經變成了更成熟的人了，所以請讓我照顧妳好嗎？」

此時的曾惜將臉埋在季以傑的肩窩，眼淚幾乎浸濕了他的西裝外套，「好。」她說，擁抱著他的雙臂收緊，她也一樣，再也不想放開雙手，「你不需要變成怎樣，現在的你是成長過後的你，只要是你，那就好了。」

曾惜覺得有些恍惚，像是在做夢一樣。她察覺自己一直以來都喜歡著季以傑，只是選擇將喜歡埋藏在心裡，她沒有和他聯絡，選擇相信他過得很好，也希望他已經找到更好的人陪伴他……可她從來沒有想過，她那樣深深喜歡著的人竟然也和她一樣也默默地喜歡著自己那麼多年……

「好了好了，都哭花了。」季以傑用拇指抹去她臉上的淚水，曾惜朝他笑，靠在他胸口再次用力抱了抱他，這一次換她不想讓他離開了。

「走吧。婚禮都要開始了。」他說，牽起她的手，和以往一樣，只是這次有些不同了，他們緊緊地牽著彼此，也打算這輩子就這麼牽著。

那一雙手從少年時期便緊緊地牽著她，直到今日都沒有放手，而未來，也不可能會放開她的手。曾惜想，自己能在逃離之後再次回到他的懷抱裡，已經世界上最好的事情。

全文完

要青春67　PG2376

要有光
FIAT LUX

青春未完

作　　者	夏　梁
封面插畫	鱷魚王
責任編輯	林昕平
圖文排版	周怡辰
封面完稿	王嵩賀

出版策劃	要有光
發 行 人	宋政坤
法律顧問	毛國樑　律師
印製發行	秀威資訊科技股份有限公司 114台北市內湖區瑞光路76巷65號1樓 電話：+886-2-2796-3638　傳真：+886-2-2796-1377 http://www.showwe.com.tw
劃撥帳號	19563868　戶名：秀威資訊科技股份有限公司 讀者服務信箱：service@showwe.com.tw
展售門市	國家書店（松江門市） 104台北市中山區松江路209號1樓 電話：+886-2-2518-0207　傳真：+886-2-2518-0778
網路訂購	秀威網路書店：https://store.showwe.tw 國家網路書店：https://www.govbooks.com.tw
總 經 銷	聯合發行股份有限公司 231新北市新店區寶橋路235巷6弄6號4F 電話：+886-2-2917-8022　傳真：+886-2-2915-6275

出版日期	2020年6月　BOD一版
定　　價	270元

國家圖書館出版品預行編目

青春未完 / 夏梁著, 鱷魚王繪. -- 一版. -- 臺
北市 : 要有光, 2020.06
面 ;　公分 -- (要青春 ; 67)
BOD版
ISBN 978-986-6992-46-9(平裝)

863.57　　　　109005259

讀者回函卡

感謝您購買本書，為提升服務品質，請填妥以下資料，將讀者回函卡直接寄回或傳真本公司，收到您的寶貴意見後，我們會收藏記錄及檢討，謝謝！

如您需要了解本公司最新出版書目、購書優惠或企劃活動，歡迎您上網查詢或下載相關資料：http:// www.showwe.com.tw

您購買的書名：＿＿＿＿＿＿＿＿＿＿＿＿＿＿＿＿＿＿＿＿

出生日期：＿＿＿＿＿年＿＿＿＿＿月＿＿＿＿＿日

學歷：□高中(含)以下　□大專　□研究所(含)以上

職業：□製造業　□金融業　□資訊業　□軍警　□傳播業　□自由業

□服務業　□公務員　□教職　□學生　□家管　□其它＿＿＿

購書地點：□網路書店　□實體書店　□書展　□郵購　□贈閱　□其他

您從何得知本書的消息？

□網路書店　□實體書店　□網路搜尋　□電子報　□書訊　□雜誌

□傳播媒體　□親友推薦　□網站推薦　□部落格　□其他＿＿＿＿＿

您對本書的評價：（請填代號　1.非常滿意　2.滿意　3.尚可　4.再改進）

封面設計＿＿　版面編排＿＿　內容＿＿　文／譯筆＿＿　價格＿＿

讀完書後您覺得：

□很有收穫　□有收穫　□收穫不多　□沒收穫

對我們的建議：＿＿＿＿＿＿＿＿＿＿＿＿＿＿＿＿＿＿＿＿

＿＿＿＿＿＿＿＿＿＿＿＿＿＿＿＿＿＿＿＿＿＿＿＿＿＿

＿＿＿＿＿＿＿＿＿＿＿＿＿＿＿＿＿＿＿＿＿＿＿＿＿＿

＿＿＿＿＿＿＿＿＿＿＿＿＿＿＿＿＿＿＿＿＿＿＿＿＿＿